KNAUR

Von Lisa Jackson sind bereits folgende Bücher erschienen:
Der Skorpion
Der Zorn des Skorpions
Zwillingsbrut
Vipernbrut
Schneewolf
Raubtiere
Dunkle Bestie
Opfertier
Pain. Bitter sollst du büßen
Danger
Shiver
Cry
Angels
Mercy
Desire
Guilty
Dark Silence
Sanft will ich dich töten
Deathkiss
Ewig sollst du schlafen
S – Spur der Angst
T – Tödliche Spur
Z – Zeichen der Rache
You will pay – Tödliche Botschaft

Gemeinsam mit Nancy Bush und Rosalind Noonan:
Greed – Tödliche Gier
Diabolic – Fatales Vergehen

Über die Autorin:
Lisa Jackson zählt zu den amerikanischen Spitzenautorinnen, deren Romane regelmäßig die Bestsellerlisten der *New York Times*, der *USA Today* und der *Publishers Weekly* erobern. Ihre Hochspannungs-Thriller wurden in zahlreiche Länder verkauft. Auch in Deutschland sind ihre Bücher immer wieder auf der *Spiegel*-Bestsellerliste vertreten. Lisa Jackson lebt in Oregon. Mehr Infos über die Autorin und ihre Romane unter: www.lisa-jackson.com

LISA
JACKSON

Revenge
Du bist niemals sicher

THRILLER

Aus dem amerikanischen Englisch
von Kristina Lake-Zapp

KNAUR

Besuchen Sie uns im Internet:
www.knaur.de

Aus Verantwortung für die Umwelt hat sich die Verlagsgruppe Droemer Knaur zu einer nachhaltigen Buchproduktion verpflichtet. Der bewusste Umgang mit unseren Ressourcen, der Schutz unseres Klimas und der Natur gehören zu unseren obersten Unternehmenszielen. Gemeinsam mit unseren Partnern und Lieferanten setzen wir uns für eine klimaneutrale Buchproduktion ein, die den Erwerb von Klimazertifikaten zur Kompensation des CO_2-Ausstoßes einschließt. Weitere Informationen finden Sie unter: www.klimaneutralerverlag.de

MIX
Papier aus verantwortungsvollen Quellen
FSC® C083411
www.fsc.org

Deutsche Erstausgabe Mai 2021
Knaur Taschenbuch

Redaktion: lüra – Klemt & Mues GbR, Wuppertal
Covergestaltung: ZERO Werbeagentur, München
Coverabbildung: PixxWerk®, München
Satz: Adobe InDesign im Verlag
Druck und Bindung: CPI books GmbH, Leck
ISBN 978-3-426-52764-1

2 4 5 3 1

LOS ANGELES, KALIFORNIEN

Damals

Lucy erstarrte.

Versteckte sich in Mamas Badezimmer, Mamas spezielle Schere in der Hand. Die mit den extralangen Klingen. Diesmal konnte sie nicht entkommen.

Wie oft hatte sie von ihrer Mutter gehört: »Fass Mamas Sachen nicht an«, und jetzt würde man sie erwischen.

Sie biss sich auf die Lippe. Sie sollte sich nicht in Mamas Schlafzimmer aufhalten, und sie sollte schon gar nicht die Schere stehlen, aber sie brauchte sie, um sich damit die Haare zu schneiden, die laut Mama nicht geschnitten werden durften.

Sie schlich oft in Mamas Zimmer und durchwühlte ihre Sachen, spielte Verkleiden und tat so, als sei sie ein großer Filmstar wie Mama, die an dem Tag, an dem sie in Hollywood gelandet war, ihren Namen von Christy Smith in Tina Champagne geändert hatte – das hatte Lucys ältere Schwester Marilyn ihr anvertraut. Wenn sie sich unbeobachtet fühlte, schlüpfte Lucy in Mamas Schuhe mit den superhohen Absätzen, setzte die riesige Sonnenbrille mit dem Glitzergestell auf, schminkte sich die Lippen und probierte Mamas Hüte an. Lucy kannte jedes einzelne Stück von Mamas Garderobe, und sie war oft allein – weshalb sie jede Menge Zeit hatte, alles zu erkunden und anzufassen. Vor allem die Dinge, die verboten waren. Mama hatte sie gewarnt: »Das ist teuer, fass nicht Mamas Anhänger an, das ist ein Schmuck-Ei von Fabergé. O nein, nein, nein …« Oder: »Das ist ein Diamantarmband, Liebling, ein Geschenk von deinem Vater, der nicht wollte, dass ich mich von ihm scheiden lasse. Nun, das hat nicht funktioniert, aber egal. Bitte, Lucille, leg es zurück.« Oder: »Du weißt, dass du nicht Mamas Schubladen durchwühlen darfst, auch nicht die im Nachtschränkchen. Die Pistole ist geladen, also Finger weg, Fräulein. Das ist sehr, sehr gefährlich, aber Mama braucht die Waffe, um sich zu schützen. Herr im Himmel, Lucy, muss ich wirklich ein Schloss an meiner Tür anbringen lassen?«

Das hatte sie nie getan. Und jetzt würde Lucy Ärger bekommen, großen Ärger, sollte Mama das Badezimmer betreten. Sie knipste das Licht aus, zog sich lautlos von der Tür zurück, die nur einen schmalen Spalt offen stand, und versteckte sich in der geräumigen Dusche, die abgetrennt war wie ein eigenes Zimmer. Mit hämmerndem Herzen betete sie zu Gott, dass Mama gleich zu Bett gehen würde.

Wenn sie eingeschlafen war, konnte sich Lucy aus dem Bad und an Mama vorbei in ihr eigenes Zimmer stehlen.

Es raschelte im Schlafzimmer, das Himmelbett knarzte leise, als Mama es sich bequem machte. Lucy hörte leise Radiomusik und das Klirren von Eiswürfeln. Sie stellte sich vor, wie Mama ein großes Glas mit einer durchsichtigen Flüssigkeit in der Hand hielt. Mamas »Absacker« – Wodka, das hatte Marilyn ihr verraten. Gut! Wenn das Glas leer war, würde Mama einschlafen, und dann ...

Sie hörte Schritte im Flur und verfluchte im Stillen ihre älteren Geschwister. Es wäre typisch, wenn Clark oder Marilyn hereinplatzten und ihre Fluchtpläne vereitelten! Geräuschvoll flog die Tür auf.

»Was zur Hölle ...?«, stieß Mama erschrocken hervor. »Was willst du?«

»Ich wohne hier«, erwiderte eine schroffe Männerstimme. Lucy rutschte das Herz in die Hose. *Ray*. Mamas Freund, ihr »Toyboy«, wie Marilyn ihn nannte.

»Nicht mehr«, widersprach Mama fest. »Raus hier.« Ray war groß und muskulös. Er hatte schmale Lippen, gerade weiße Zähne und ein markantes Kinn, das dringend rasiert gehörte. Ray wusste, dass er gut aussah, denn er ging nicht, er stolzierte. Lucy mochte ihn nicht.

»Ich lasse mich nicht rauswerfen«, hielt er dagegen. Seine Worte klangen verschliffen. »Wir müssen reden. Wir haben Probleme, und das wissen wir beide.«

»Wir haben Probleme, weil du nicht die Finger von anderen Frauen lassen kannst. Sehr viel jüngeren Frauen.«

»Darüber will ich ja mit dir reden ...«

»Geh jetzt, Ray, oder ich rufe die Polizei.«

»Komm schon, Babe, das meinst du nicht so.«

»Doch.«

Lucys Kehle wurde trocken, und obwohl sie wusste, dass es verrückt war, schob sie sich Zentimeter für Zentimeter aus der Dusche hinaus ins dunkle Badezimmer und tappte geräuschlos in Richtung Tür. Von dort spähte sie ins dämmrige Schlafzimmer, das nur von der Lichterkette an Mamas Himmelbett erhellt wurde. Mama hatte die seidene Schlafmaske auf die Stirn geschoben. Ihre roten Haare standen in alle Richtungen ab.

Ray stand neben dem Bett, ein überhebliches Lächeln auf den Lippen, einen Drink in der Hand.

Aber Mama ging nicht auf ihn ein. Lucy sah den Zorn in ihrem Gesicht. Tina Champagne wurde nicht gern gestört, wenn sie sich bettfertig gemacht und ihr Gesicht mit dieser Wundercreme gegen Falten eingekleistert hatte. Mama gestattete es keinem, sich ihr zu nähern, solange sie nicht »kamerafertig« war. Lucy wusste das, genau wie ihre Geschwister. Ray sollte es eigentlich auch wissen.

Doch Ray war aufdringlich und ungehobelt, und er dachte, er könne sich bei Mama einschmeicheln oder sie drangsalieren. Konnte er aber nicht. Das war auch Tinas anderen drei Ehemännern nicht gelungen, als sie beschlossen hatte, sich von ihnen scheiden zu lassen.

Ray ließ seinen Drink im Glas kreisen. Mit der freien Hand griff er nach Mamas Kopf, riss ihr die Maske von der Stirn und grub seine Finger in ihre Locken, um ihr Gesicht zu seinem Schritt zu ziehen. Sein T-Shirt hing aus der Levi's.

»Lass das«, warnte sie.

Lucys Finger krampften sich um die Schere.

»Stell dich nicht so an, Babe. Entspann dich.« Er fing an, Mamas Nacken zu streicheln, wobei er sie noch näher an sich heranzog. »Du willst es, Babe, das weiß ich ...«

»Hau ab, Ray, ich meine es ernst!«, stieß Mama hervor und schubste ihn von sich. Dann zog sie die Schublade ihres Nachtschränkchens auf und tastete hektisch darin herum.

»Was ...?« Er war gestolpert und rutschte nun auf dem dicken, weißen Kunstfellteppich aus. Das alte Haus schien zu beben, als er mit der Schulter gegen die Wand prallte. Am anderen Ende des Flurs schrie jemand auf. Schlagartig wurde es im Zimmer stockdunkel. Nur durchs Fenster fiel spärliches Licht herein.

»Mom?«, schrie Marilyn. Lucy hörte Schritte im Flur.

»Alles okay?«, rief Clark vor der Zimmertür.

»Raus jetzt! Sofort!«, zischte Mama in die Dunkelheit.

»Du verfluchtes Miststück«, knurrte Ray, und Lucy, deren Augen sich langsam an die Dunkelheit gewöhnten, sah, wie er sich aufrichtete und wieder aufs Bett zuging. Geräuschlos schlüpfte sie ins Schlafzimmer, die Schere in der Hand.

»Bleib weg von mir!«, warnte Mama. »Ray, ich habe eine Pistole, und ich zögere nicht, sie zu benutzen. Das weißt du!«

»Ich dachte, du wolltest die Polizei rufen«, höhnte er. Jetzt war Ray bei Mama. Beugte sich über sie.

Lucy erstarrte.

Mama schnappte erschrocken nach Luft, als plötzlich die Schlafzimmertür aufflog. Das Flurlicht fiel ins Zimmer.

»O Gott!«, kreischte Marilyn und rannte zu Mama.

Clark folgte ihr dicht auf den Fersen. »Was zum Teufel ...« Lucy schrie auf, hob die Schere mit der Spitze nach vorn über ihren Kopf und sprang. Wie in Zeitlupe flog sie in Richtung Bett und versenkte die Schere tief in Rays Fleisch.

CASCADE MOUNTAINS, OREGON

Jetzt

»Los geht's! Nun komm schon! Beeil dich!« Schwer atmend warf Lucy einen Blick über die Schulter. Ihre siebenjährige Tochter trödelte wieder einmal, fasziniert von dem winterlich verschneiten Wald, blind gegenüber der Tatsache, dass ein Schneesturm im Anmarsch war. Schlimmer noch: dass *er* im Anmarsch war. »Jetzt mach endlich, Liebes«, drängte Lucy. Sie ruckte am Seil des Schlittens, der das trug, was ihr in der nächsten Zeit zum Leben genügen musste. »Es ist nicht mehr weit.«

Das war gelogen. Von der Stelle, an der sie ihren geländegängigen Toyota geparkt hatte, war es noch eine halbe Meile bergauf bis zu dem Blockhaus tief in den Wäldern von Oregon. Und selbst das lag nicht abgeschieden genug. Kein Ort auf dieser Erde würde jemals weit genug weg von *ihm* sein, aber es musste genügen. Fürs Erste. Bis sie etwas anderes fand.

Die kalte Furcht, die sie hierhergetrieben hatte, zwang sie, sich immer weiter den steilen Hang hinaufzuschleppen, durch die dicht stehenden Kiefern und Tannen, deren Zweige sich unter einer weißen Schneedecke bogen. Die Ahornbäume hatten ihre herbstlich bunten Blätter längst verloren und erinnerten mit ihren kahlen Ästen an Skelette.

Unter anderen Umständen wären Renee und sie über die Weihnachtstage hergekommen, um den Frieden und die Einsamkeit der Kaskadenkette im Winter zu genießen, und sie hätte sich auf das urige Blockhaus gefreut. Genau wie ihre Tochter wäre Lucy ab und an stehen geblieben und hätte die atemberaubende Landschaft auf sich wirken lassen, die sanfte Berührung der Schneeflocken auf ihren Wangen gespürt und den eisigen Hauch des Windes, der die Haare aus ihrer Mütze wehte.

Doch das war nicht möglich. Nicht jetzt. Vielleicht nie.

»Jetzt komm endlich!«, drängte sie erneut, schärfer diesmal, weil ihre Tochter so langsam durch den Schnee bummelte. »Leg einen Zahn zu, Grace.«

Grace, unter deren weißer Mütze kleine braune Löckchen hervorlugten, runzelte die Stirn. »So heiße ich nicht.«

»Im Augenblick schon. Mein neuer Name ist Elle, und du bist Grace.«

»Du bist nicht Elle. Du bist Lucy.«

»Elle ist der zweite Teil meines Namens. Lucille-Elle. Und Grace ist dein zweiter Vorname.«

Ihre Tochter bedachte sie mit einem finsteren Blick.

»Ich habe dir doch erklärt, dass das ein Spiel ist.«

»Blödes Spiel. Ich bin Renee«, beharrte das Mädchen.

»Wie auch immer du heißt – beeil dich einfach.«

Mach kein Drama daraus, sie ist nur ein Kind. Sie kann das unmöglich verstehen. Wahrscheinlich war das Ganze ohnehin übertrieben, das mit den Decknamen, damit man sie nicht sofort erkannte, falls sie in dieser entlegenen Gegend tatsächlich jemandem begegneten. »Weißt du, was? Wenn wir zwei allein sind, dann bin ich Mom oder Lucy, und du bist Renee, aber wenn wir irgendwen treffen, bist du Grace. Einverstanden?«

»Einverstanden.« Renee zog die Nase kraus, aber sie widersprach nicht und stapfte hinter dem Schlitten her, wobei sie in die Spuren trat, die ihre Mutter in dem fünfzehn Zentimeter tiefen Schnee hinterließ. Während Lucy weiter eine schmale Schneise in die weiße Decke zog, warf sie einen skeptischen Blick zum Himmel. Nichts als Millionen winziger Flocken. Gut so. Je mehr ihre Spuren verdeckt wurden, desto wahrscheinlicher, dass sie entkommen konnten.

Doch für wie lange? Er wird niemals lockerlassen, wird dich niemals in Ruhe lassen.

Doch daran durfte sie jetzt nicht denken. *Eins nach dem anderen.* Das war ihr Mantra.

Und fürs Erste würde ihnen das Blockhaus hoffentlich ein Versteck bieten.

Bitte, lieber Gott, bitte.

»Komm weiter«, sagte sie bestimmt.

»Wo ist Merlin?«, rief ihre Tochter und spähte angestrengt umher, doch der Hund war nirgendwo zu sehen.

»Er wird schon nachkommen«, beruhigte Lucy die Kleine, ohne stehen zu bleiben. »Er ist zur Hälfte ein Alaskischer Malamute, die lieben den Schnee und die Kälte. Beeil dich!« Lucy zerrte weiter den Schlitten mit dem Lebensnotwendigsten hinter sich her: genug zu essen für zwei Wochen, Kleidung und Schlafsäcke, Handy und iPad – auch wenn es im Blockhaus kein WLAN gab. Falls die elektronischen Geräte überhaupt funktionierten, waren sie für Notfälle gedacht. *Wem willst du etwas vormachen? Dein ganzes Leben ist ein einziger Notfall!*

»Ziehst du mich?«, fragte Renee und beäugte den bereits vollen Schlitten.

Wenn es dann schneller ging – gern. »Sicher.«

Renee sprang auf, und Lucy musste noch mehr Kraft aufbringen, um sich den steilen Pfad hinaufzukämpfen. Eigentlich durfte sie das Blockhaus gar nicht benutzen, hatte nur zufällig davon erfahren, als sich eine ihrer Kolleginnen am Junior College mit einer anderen darüber unterhielt.

»... und die idyllische Hütte gehört meinem Onkel«, hatte sie die blonde Cindy sagen hören, die gerade am Drucker stand. Lucy kannte die Kollegin recht gut, sie hatten mehrere Jahre zusammengearbeitet. Cindy hatte auch nach der Hochzeit ihren Mädchennamen behalten. »Das ist eine Machtfrage«, hatte Cindy behauptet, als sie gemeinsam an einer Konferenz teilnahmen und sich deshalb ein Zimmer in den Holiday Suites in Reno teilten. »Ich mag meinen Namen. Cynthia Jacoby. Ich hätte sonst Cynthia White geheißen – das klingt wie eine Figur aus einem Disneyfilm. Meinem Mann macht das nichts aus. Er ist da ziemlich modern.«

»Wo ist denn diese Hütte?«, fragte die andere Kollegin.

»In Oregon. In der Nähe des Mount Hood, aber sie ist so abgelegen, dass man nur zu Fuß hinwandern kann. Da oben gibt es wirklich *gar nichts.* Die Hütte ist recht groß, hat fließendes Wasser und auch Strom. Mein Onkel sagt aber, wenn es stürmt, fällt der Strom häufig aus. Er hat mir angeboten, das Blockhaus jederzeit zu benutzen – im Sommer soll man dort herrlich wandern und fischen können, und im Winter ist die Gegend wohl ein Paradies für einsame Schneeschuhwanderungen oder Langlauftouren. Stell dir vor: Er hat sogar einen Schlüssel für mich versteckt. Anscheinend hat er ihn an einen Baum mit einem geborstenen Stamm genagelt, das muss man sich mal vorstellen! Als würde ich jemals ...«

Den Rest des Gesprächs hatte Lucy nicht mehr mitbekommen, da ihre beiden Kolleginnen in Richtung Cafeteria schlenderten. Später hatte sie ein bisschen im Internet recherchiert, in den Behördenregistern gestöbert und herausgefunden, dass es sich bei dem Besitzer um einen gewissen Winston Jacoby handeln musste. Anschließend war es leicht gewesen, den genauen Standort des Blockhauses zu ermitteln. Jetzt, da sie mit ihrer Tochter und dem Hund dorthin unterwegs war, hoffte sie inständig, dass diese Koordinaten stimmten.

Was, wenn du dich irrst? Was, wenn das Blockhaus nicht dort ist, wo du denkst? Was, wenn jemand darin wohnt? Was, wenn es baufällig ist?

Und, schlimmer noch: *Was, wenn er dich findet?* Beherzt schob sie ihre Bedenken beiseite.

»Kommt Daddy auch her?«

Ian. O Gott.

Lucy stolperte. Fing sich wieder. Ignorierte den Stich, der ihr durchs Herz fuhr. Ging weiter. »Nein, Schätzchen«, antwortete sie, während sie endlich die Kuppe erreichten, wo die Nadelbäume einer Lichtung mit einem zugewucherten, heruntergekommenen Blockhaus wichen, das man im Laufe der Jahre offenbar mehrfach vergrößert hatte. »Diesmal nicht.«

»Aber ich sollte das Weihnachtsfest doch bei ihm verbringen«, nörgelte Renee.

»Ich weiß. Planänderung.« Sie spürte den misstrauischen Blick ihrer Tochter im Rücken.

»O Gott – was ist das denn?«, fragte Renee und starrte verblüfft den großen Holzbau an. »Hier sollen wir ... wohnen?« Ungläubig stieg sie vom voll bepackten Schlitten.

»Das ist der Plan.«

Renees finsterer Blick hellte sich auf. »Cool.«

Lucy bezweifelte, dass sie es immer noch cool fand, wenn sie erfuhr, dass es kein Internet gab, geschweige denn WLAN für ihr iPad.

Kalt war es hier, das ja, aber das Blockhaus war nicht »idyllisch«, nicht malerisch und nicht einmal ein klitzekleines bisschen gemütlich. Die Mitte, anscheinend der ursprüngliche Bau, ragte wie ein Ungeheuer in die Höhe – zwei Stockwerke mit einer Veranda und einem schmalen Vordach über der Eingangstür. An beiden Seiten waren Flügel angebaut – den Fenstern und dem grauen Holz nach zu urteilen, in unterschiedlichen Jahrzehnten. Die verwitterten Außenwände hatten nie einen Anstrich bekommen.

»Irgendwie unheimlich«, stellte Renee fest.

Mehr als unheimlich, dachte Lucy, doch sie sagte nichts. Stattdessen streichelte sie ihrer Tochter über den Kopf und sagte: »Ich würde es eher als einzigartig bezeichnen.«

Du hast dir Abgeschiedenheit gewünscht, einen Ort, an dem euch niemand entdeckt. Sieht so aus, als wäre dein Wunsch in Erfüllung gegangen.

Jetzt musste sie nur noch den Schlüssel finden.

SAN FRANCISCO, KALIFORNIEN

Jetzt

»Verdammt noch mal, Lucy. Geh dran!«, murmelte Ian angespannt. Er hastete durch die steilen Straßen von San Francisco, hügelabwärts, den Kopf eingezogen, das Handy ans Ohr gedrückt. Regen prasselte vom Himmel, und es wehte ein schneidender Wind, was noch dazu beitrug, dass sein Zorn durch die Stratosphäre schoss. Er machte einen Bogen um eine Frau, die in der einen Hand einen Take-away-Kaffeebecher und ihr Handy hielt, in der anderen eine straffe Leine mit einem Pudel daran. Sein Anruf wurde an die Mailbox weitergeleitet. Ian wusste, dass seine Frau ihn nicht zurückrufen würde, deshalb sparte er sich die Mühe, eine Nachricht zu hinterlassen, und steckte das Telefon wieder ein. Aufgewühlt legte er die fünf Blocks zu seiner privaten Ermittlerfirma zurück.

Dort winkte er der Empfangsdame zu, dann klopfte er an die Tür seiner Partnerin und trat ein. Zhou saß an dem runden Schreibtisch in ihrem zen-artigen Büro mit Blick auf die Golden Gate Bridge. »Ich nehme mir für eine Weile frei.«

»Wovon redest du?« Jun Zhou war Mitte vierzig und noch so fit wie damals, als sie der Army nach zwanzig Jahren beim Nachrichtendienst den Rücken gekehrt hatte. Ihre dunklen Haare waren zu einem strengen Knoten geschlungen, ihre ebenfalls dunklen Augen musterten ihn beinahe genauso streng. Auf ihrer Schreibtischplatte hatte sie gleich drei Monitore platziert, außerdem befanden sich mehrere Kakteen in Keramiktöpfen darauf sowie diverse akkurat ausgerichtete Papierstapel. Eine Yogamatte lehnte zusammengerollt in der Ecke, an einer der Wände hingen Kopien ihrer juristischen Diplome und mehrere Medaillen, mit denen sie während ihrer militärischen Laufbahn ausgezeichnet worden war.

»Lucy«, begann Ian und legte die Hände auf die Rückenlehne eines der Besucherstühle, »sie ist abgehauen.«

Jun zog die Augenbrauen zusammen. »Muss ich dich daran erinnern, dass sie deine *Ex*-Frau ist? Vielleicht braucht sie ein bisschen Zeit für sich. Oder zumindest Zeit, in der du dich nicht in alles einmischst. Ich hasse es auch, wenn sich einer meiner Ex-Männer in mein Leben drängt.«

»Ich mische mich nicht ein. Sie hat Renee.«

»Na und?«

»Und ich habe seit drei Tagen nichts von meiner Tochter gehört! Für gewöhnlich facetimen wir jeden Abend, an dem sie nicht bei mir ist.«

»Aber kommt sie nicht eh in den nächsten Tagen zu dir?«

Ian nickte. »Ja.«

Jun lehnte sich zurück. »Findest du nicht, dass du etwas zu früh auf den Panikknopf drückst?«

»Nein.« Er schüttelte den Kopf und rieb sich nervös den Nacken. »Irgendetwas stimmt nicht. Das spüre ich.«

Seine Partnerin wirkte nicht überzeugt. »Und wennschon. Vielleicht möchte deine Ex nicht mit dir reden ...«

»Das ist mir egal. Wie ich schon sagte: Sie hat Renee bei sich, Jun. Deshalb muss ich mir freinehmen. Vielleicht kannst du mir helfen, die beiden aufzuspüren ...«

»Ich habe keine Ahnung, wovon du redest.«

Doch sie wussten es beide. Jun war ein Computergenie und hatte unmittelbar nach der Highschool für die Regierung gearbeitet, bevor sie dann von der Army rekrutiert wurde. Geheimdienst. Sie kannte das Internet bis ins letzte Detail, wusste, wie man Sicherheitscodes knackte und durch Hintertürchen ins System gelangte. Wenn irgendwer eine Spur von Lucy finden konnte, dann Jun. Das war der Grund für ihre ausgezeichnete Zusammenarbeit. Keiner von ihnen scheute davor zurück, das Gesetz bis zum Anschlag zu dehnen.

»Ich schicke dir Lucys Daten«, sagte er.

Sie warf ihm einen Blick zu. »Das ist nicht nötig.«

»Die hast du bereits?«

Sie antwortete nicht, denn das war ebenfalls nicht nötig.

»Was ist mit Ray Watkins?«

»Ein Kinderspiel, Ian.« Ihr Handy vibrierte. Sie ignorierte es. »Was ist damals in der Nacht, in der Tina Champagne angegriffen wurde, wirklich geschehen?«

Sie hatten nie darüber gesprochen, hauptsächlich deshalb, weil Ian selbst nicht wusste, was genau passiert war.

»Lucy hat ihn attackiert, richtig? Das habe ich im Internet gelesen.«

»Ja, ich denke, das stimmt.« Ian wusste, wie sehr die Ungewissheit Lucy über die Jahre hinweg zu schaffen gemacht hatte. Bis heute war es ihr nicht gelungen, die Bruchstücke, die ihr Gedächtnis dann und wann an die Oberfläche spülte, zusammenzusetzen. Sie konnte sich einfach nicht erinnern – was für sie und damit auch für ihn ausgesprochen belastend gewesen war. Daher hatte Ian über Gerichtsprotokollen, Zeugenaussagen, Polizeiberichten und Tatortbeschreibungen gebrütet, hatte alles durchgesehen, was er finden konnte – genau wie Zhou. Zumindest ging er davon aus, dass sie das getan hatte. Die

Einzelheiten des Angriffs blieben undurchsichtig, obwohl Ray Watkins in den Zeugenstand getreten war und seine Sicht der Dinge geschildert hatte: Er war zu Tina Champagnes Haus gekommen, hatte mit seinem Schlüssel die Tür aufgesperrt und seine Freundin betrunken und halb bewusstlos in ihrem dunklen Schlafzimmer vorgefunden. Sie waren in einen »höllischen« Streit darüber geraten, dass er sich angeblich zu wenig um sie kümmerte. Die Würgemale an ihrem Hals rührten vermeintlich von seinen Versuchen her, sie wiederzubeleben. Dabei war er von Tinas Kindern attackiert worden. Ein Kind – er wusste nicht, welches – stach mit einer langen Schere auf ihn ein, die er ihm anschließend entwinden konnte. Er hatte schwere Gesichtsverletzungen erlitten und war seitdem auf einem Auge blind, während Tina beinahe ihren Verletzungen im Hals- und Oberkörperbereich erlegen wäre. Eine Waffe war losgegangen, Tinas Pistole. Tina wurde getroffen, ein Schuss in den Oberkörper, es war ein Wunder, dass sie überlebte. Es befanden sich verwischte Fingerabdrücke auf der Pistole, doch die einzigen, die sichergestellt werden konnten, stammten von Tina selbst. Viel schlimmer aber war, dass mit der Schere nicht nur auf Ray Watkins, sondern auch auf Tina eingestochen worden war, wobei sie eine Verletzung an der Halsschlagader erlitten hatte. Es war diese Stichwunde, die sie beinahe das Leben gekostet hätte. Ray hatte ausgesagt, er habe dem Kind die Schere aus der Hand genommen, was nur einen Schluss zuließ: Er hatte auf seine Freundin eingestochen.

Oder? Und wer hatte den Schuss abgegeben?

Tina konnte sich nicht erinnern, und Clark und Marilyn waren beide zu verwirrt gewesen, um wirklich etwas mitzubekommen. Sie wussten nur, dass es so ausgesehen hatte, als würde Ray ihre Mutter erwürgen. Sie hatten versucht, ihn davon abzuhalten, doch im Schlafzimmer war es dunkel gewesen, und alle hatten durcheinandergeschrien und geflucht.

Es war Lucys Aussage, die Aussage eines achtjährigen Mädchens, die Rays Behauptungen, er habe Tina nur wiederbeleben wollen, infrage stellte. Lucy war so traumatisiert gewesen, dass sie im Zeugenstand kaum hatte richtig antworten können, doch sie hatte mit schneeweißem Gesicht und leiser Stimme geflüstert, dass Ray versucht habe, ihre Mutter umzubringen.

Soweit Ian wusste, war sie nie von dieser Aussage abgewichen, doch sie hatte auch nie die fehlenden Stücke ergänzt, hatte sich nie jemandem anvertraut, auch nicht ihrem Ehemann. Vielleicht konnte sie es nicht, vielleicht wollte sie es nicht – da war sich Ian nie ganz sicher gewesen.

Jetzt, da Zhou auf eine Erklärung wartete, wünschte er sich, er könnte ihr eine liefern. »Lucy hat immer behauptet, er werde sich eines Tages dafür an ihr rächen, und jetzt, da er raus ist, fürchte ich, dass sie recht haben könnte.«

»Oder sie ist paranoid.«

»Das glaube ich nicht«, entgegnete er, auch wenn er sich insgeheim immer gefragt hatte, wie stabil Lucy wirklich war. Nach außen wirkte sie stark, aber es gab Risse in ihrer Rüstung. Sie war als Kind nicht nur in ein fürchterliches, von den Medien ausgeschlachtetes Verbrechen involviert gewesen, sondern noch dazu im Anschluss an die Gerichtsverhandlungen außer Landes gebracht worden, was ihr Trauma verstärkt hatte. »Halte mich über deine Recherchen auf dem Laufenden, Jun«, bat er.

»Klar.«

»Was ist mit dem Dalton-Fall?«, fragte sie.

»Setz Martinez darauf an. Oder wen auch immer.« Damit wandte er sich zur Tür und ließ sie in ihrer künstlichen Zen-Umgebung zurück. Ian war sich sicher, dass sie gut ohne ihn zurechtkam. Genau wie er sich sicher war, dass sie auf eine Spur von seiner untergetauchten Ex-Frau stoßen würde.

LOS ANGELES, KALIFORNIEN

Damals

Blut. Überall. Mama stöhnte, als die Männer sie aus dem Bett auf eine Bahre hoben.

Die Schere. Wo war sie?

»Alles in Ordnung, Kleines?« Eine Frau in einer Uniform sprach mit ihr, aber jemand schrie so laut, dass sie kaum etwas verstehen konnte. Schrie und … Ihre Kehle war wund, und Lucy stellte fest, dass sie es war, die schrie. Sie zitterte, ihre Hände waren voller Blut, genau wie ihr Nachthemd.

»Komm mit mir, Kleines.«

»Sie darf nicht gehen.« Eine Männerstimme. Tief. Besorgt. Die Stimme gehörte einem großen Mann mit grauen Haarstoppeln.

»Und ob.« Die Frau mit den kurzen braunen Haaren nahm sie auf den Arm. »Sie ist noch ein Kind. Ich bin Detective Lorna Davis. Hörst du mich, Kleine? Ich bin Lorna.«

Lucy verstummte, doch sie konnte nicht sprechen. Ihr Hals war wie zugeschnürt. Ihr Herz raste. Vor ihren Augen kreisten grauenvolle Bilder. Sie war klebrig vor Blut. Seinem Blut. Mamas Blut. Und vielleicht auch ihrem eigenen.

»Lucy, Schätzchen, ich bin von der Polizei. Und ich beschütze dich. Alles wird wieder gut.« Die Frau setzte sie auf ihre Hüfte.

»Aber …«, widersprach der Mann.

»Die Kleine ist ein Kind, Tony!«, wiederholte die Frau mit Nachdruck und wiegte Lucy beruhigend hin und her. »Und das da ist ihre Mutter.« Sie nickte in Richtung Bahre.

»Nein!«, schrie Lucy, als sie sah, wie die Männer die Bahre mit Mama darauf anhoben. Mama regte sich nicht, ihr Nachthemd war blutdurchtränkt.

»Scht, Liebes, ganz ruhig«, flüsterte Lorna, und Lucy fing leise an zu schluchzen. »Na, siehst du, es geht doch. Alles wird gut.«

»Schnell!«, drängte einer der Männer, die die Bahre trugen, und sie eilten aus dem Schlafzimmer und die Treppe hinunter. Lucy hörte ihre schweren Schritte auf den Stufen.

»Wo sind die anderen?«, fragte Lorna, ohne Lucy abzusetzen. »Die Teenager?«

»Der Sohn ist im Wohnzimmer«, antwortete der Mann, den sie Tony genannt hatte. »Die Tochter in der Küche. Wir haben sie getrennt, damit wir ihre Angaben überprüfen und miteinander vergleichen können. Vielleicht stoßen wir ja auf irgendwelche Unstimmigkeiten.«

»Und der Freund?«

»Ist nicht hier.«

»Verdammt! Er war doch da! Das haben die Nachbarn ausgesagt, die, die den Notruf gewählt haben. Sie haben seinen Wagen in der Auffahrt gesehen.«

»Er ist abgehauen.« Der Mann klang besorgt. »Wir werden ihn schon schnappen.«

»Wahrscheinlich ist er längst unterwegs nach Mexiko.«

»Der Anruf ist vor fünfzehn Minuten eingegangen. Er dürfte noch nicht weit gekommen sein.« Er klang nicht überzeugt.

»Was zum Teufel ist hier passiert?«, fragte Lorna.

»Warten wir ab, was die Kids uns erzählen«, antwortete Tony, der die blutige Matratze und das fleckige Bettzeug unter dem Baldachin betrachtete.

Die Frau ging mit Lucy zur Treppe. Der Polizist folgte ihr und berührte sie an der Schulter, um sie aufzuhalten. »Gut möglich, dass alles davon abhängt, was die Kleine zu sagen hat.«

»Herrgott, Tony. Denk nicht mal dran.« Die Arme der Frau schlossen sich fester um Lucy.

CASCADE MOUNTAINS, OREGON

Jetzt

Der Schlüssel war nicht da, wo er sein sollte. Trotzdem, das musste das Blockhaus sein. Sie hatte bis auf besagten Winston Jacoby keine anderen Einträge im Melderegister gefunden.

Enttäuscht stieß Lucy die Luft aus. Es gab keinen Baum mit einem geborstenen Stamm. Es schneite weiterhin heftig, der Wind wurde immer stürmischer, am Fundament des Blockhauses bildeten sich Schneewehen. Lucy überlegte, was im schlimmsten Fall zu tun war. Die Antwort war simpel: Sie würde durchs Fenster in diesen gottverlassenen Kasten einsteigen.

»Ich friere«, beschwerte sich Renee. In dem Moment kam endlich der Hund angesprungen, das dicke, grauweiße Fell voller Flocken, die Zunge an einer Seite aus dem Maul hängend.

Ich auch. »Eine Sekunde«, sagte Lucy. Nervös spähte sie mit zusammengekniffenen Augen in die wirbelnden Flocken. Und dann entdeckte sie es plötzlich: keinen geborstenen Stamm, aber zwei Bäume, die aus einem alten Stumpf herauswuchsen. Sie stapfte hinüber, strich mit ihren dicken Handschuhen über die bemooste Oberfläche, bis sie auf einen rostigen Schlüssel stieß, der hinter der rauen Rinde klemmte.

Gott sei Dank!

Sie streifte die Handschuhe ab und zog den Schlüssel hervor, dann kehrte sie zum Blockhaus zurück und steckte ihn in das ebenfalls verrostete Schloss. Sie drehte ihn um, einmal, zweimal, und schon schwang die Tür auf. Der Geruch von trockenem Staub schlug ihr entgegen. Das Blockhaus mochte vielleicht schmutzig sein, aber zumindest war es trocken und staubig und nicht feucht und verschimmelt.

Renee und den Hund im Schlepptau, erkundete Lucy das mehrfach erweiterte Gebäude. Gott sei Dank gab es Strom, genau wie Cindy gesagt hatte. Sie entdeckten zwei Treppen, eine große in der Nähe der Eingangstür, eine weitere, schmale führte von der Küche hinauf in den ersten Stock und hinunter in einen Keller. Als sie auf den Lichtschalter neben der Kellertür drückte, blieb alles dunkel. Offenbar war hier die Leitung defekt, vielleicht musste auch nur die Glühbirne ausgetauscht werden. Die mitgebrachte Taschenlampe in der Hand, stiegen sie die durchgetretenen Stufen hinunter und gelangten in einen großen Raum, in dem die Heizungsanlage stand, außerdem entdeckten sie Regale mit großteils leeren Einmachgläsern. Lucy leuchtete mit der Taschenlampe umher. Ihr Blick fiel auf eine mit einer Holzplatte abgedeckte Öffnung oben in der Wand, mit einer Metallschütte darunter, durch die vermutlich Kohle oder Feuerholz direkt in den Keller geliefert wurde. Sie entdeckte einen Stapel Scheite. In einem Baumstumpf steckte eine Axt, ringsum lagen Holzspäne.

Lucy vergewisserte sich, dass die Schüttenöffnung verschlossen war, und kontrollierte auch die beiden kleinen, schmutzverschmierten Kellerfenster. Dann kehrten sie in die Küche zurück, die durch eine Kücheninsel vom Wohnbereich abgetrennt war. Die Schränke darunter waren komplett leer. An einer der Wände befand sich eine Holzanrichte mit mehreren Oberschränken, ebenfalls leer, bis auf ein paar Dosen und abgepackte Lebensmittel mit abgelaufenem Verfallsdatum.

Das Blockhaus machte einen vergessenen Eindruck. Auf sämtlichen Oberflächen lag eine dicke Staubschicht, die vergilbten Zeitungen in einer Kiste neben dem gemauerten Kamin waren von vor acht Jahren. Die Betten in dem vom Wohnzimmer abgehenden Schlafraum waren mit Laken bezogen, das Bettzeug fehlte. Lucy öffnete auch hier die Schränke und entdeckte einen Stapel verstaubter Decken und Kissen. Zum Glück hatten sie Schlafsäcke und Kopfkissen mitgebracht. Spinnen hatten ihre Netze in den Ecken unter der Decke gesponnen, und Gott weiß welche anderen Kreaturen hausten in den dunklen Winkeln.

Es dauerte über eine Stunde, bis sie sich halbwegs eingerichtet hatten. Lucy drehte die Hähne in der Küche und im Badezimmer auf und stellte voller Erleichterung fest, dass das Wasser lief. »Was für ein Komfort«, murmelte sie, dann machte sie sich daran, ein kleines Feuer im Kamin anzuzünden. Trockenes Holz dafür fand sie unter einem Pultdach auf der hinteren Veranda. Sie holte den Schlitten herein und lud alle Sachen ab.

Langsam wurde es wärmer im Blockhaus. Lucy zog ihre Jacke aus, vergewisserte sich, dass ihre Waffe noch in der Jackentasche steckte, und legte sie über die Lehne der Couch.

Sie hatte die Baby Glock mitgenommen, die sie gekauft hatte, als sie mit achtzehn in die Staaten zurückgekehrt war.

Als es Abend wurde, verschloss sie die Türen und verbarrikadierte sie mit Möbeln. Anschließend kuschelte sie sich mit ihrer Tochter und dem Hund vor den Kamin und schaute in die glühenden Kohlen. Sie hatte bereits die Läden vor sämtlichen Fenstern geschlossen, doch die im Schlafzimmer waren kaputt, sodass man von außen hineinschauen konnte.

Wie lange würde sie sich hier verstecken können? Einen Tag? Eine Woche? Unbegrenzt – oder zumindest so lange, bis Winston Jacoby, der Besitzer des Blockhauses, die Stromrechnung zugestellt bekam? Bis ein Schneeschuhgänger vorbeiwanderte und das Licht hinter den Fenstern bemerkte …

Nein! So lange, bis du dir einen Plan zurechtgelegt hast.

Und wie sollte der aussehen?

Keine Ahnung. Mir wird schon etwas einfallen.

Lucy blickte auf ihre schlafende Tochter und betete, dass sie sich nicht selbst etwas vormachte. Sie musste sich gegen das Unvermeidliche wappnen – er würde sie finden, selbst hier an diesem entlegenen Ort am Fuß der Kaskadenkette. Und dann?

Dann musste sie bereit sein. Dann wäre die Hölle los.

SAN FRANCISCO, KALIFORNIEN

Jetzt

»Ich weiß nicht, was du von mir willst, Ian«, sagte Marilyn, den Mund zu einer missbilligenden Schnute verzogen. Lucys Schwester stand im Foyer ihres Stadthauses, ohne die schmiedeeiserne Sicherheitstür zwischen ihnen zu öffnen. Wind und Regen prasselten auf das Vordach, unter dem Ian stand.

»Ich möchte wissen, wo meine Frau ... wo Lucy ist.«

»Selbst wenn ich es wüsste – warum sollte ich es dir sagen? Vergiss nicht – sie ist nicht mehr deine Frau.« Marilyn warf ihm einen vernichtenden Blick zu. Groß und kurvig, die blonden Haare aus dem Gesicht gestrichen, die Arme defensiv unter den vollen Brüsten verschränkt. Anders als seine Frau – *Ex-Frau* – kam sie nach ihrer Mutter: üppige Oberweite, Wespentaille, Schmollmund und große blaue Augen. Sie war nach Marilyn Monroe benannt, und der Name passte. Meistens. Heute eher nicht – ohne Make-up, in Pyjama und Bademantel.

»Ich mache mir Sorgen«, sagte er.

»Die hättest du dir früher machen sollen.« Sie schürzte vorwurfsvoll die Lippen. Offenbar hatte sie beschlossen, sich als Richterin aufzuspielen.

»Weiß Clark, wo Lucy sein könnte?«

Marilyn verdrehte die Augen und stieß genervt die Luft aus. »Als ob mein Bruder irgendetwas wüsste. Komm schon, Ian.«

»Ich glaube, du unterschätzt ihn. War er nicht Spezialeinsatzkommandant bei der Army?«

»Na und? Deshalb weiß er auch nicht, wo Lucy steckt.«

»Sie hat Renee bei sich«, gab Ian zu bedenken.

Marilyn wandte kurz den Blick ab, schien zu überlegen.

»Das Ganze passt nicht zu ihr«, beharrte er. »Ja, wir haben unsere Differenzen, aber wenn es um Renee geht, ziehen wir an einem Strang. Irgendetwas stimmt nicht.«

»Das kannst du doch gar nicht wissen.«

»Aber du«, entgegnete er und sah, wie sie zögerte.

»Hör zu, Ian, ich weiß nur, dass sie für eine Weile wegmusste. Sie hat mir erzählt, dass sie wieder diese Albträume hat. Und dass sie anfängt, sich zu erinnern. An die Nacht, in der Ray Watkins Mom attackiert hat. Aber wer weiß? Das ist eine Ewigkeit her, sie war noch ein Kind, deshalb bezweifle ich, dass ihr neue Details einfallen. Vielleicht bildet sie sich das ja nur ein. Mehr hat sie nicht gesagt.«

Das kaufte Ian ihr nicht ab. Marilyn log. Das Zucken in ihren Mundwinkeln verriet sie.

»Wenn sie in Gefahr ist ... Wenn sie das Leben meiner Tochter riskiert ...«

»Die beiden sind nicht in Gefahr! Da bin ich mir ganz sicher«, behauptete Marilyn, auch wenn sie alles andere als überzeugt klang. Bevor er Einspruch erheben konnte, fügte sie hinzu: »Bring mich nicht in diese Lage, Ian. Das ist nicht fair.«

»Nichts auf der Welt ist fair.«

Ihre Augen wurden schmal. »Du bist ein verfluchtes Arschloch, Ian.«

Sie wollte die Tür schließen, aber er streckte blitzschnell einen Arm durch das schmiedeeiserne Gitter und fasste sie am Handgelenk. »Warte! Er ist wieder draußen. Ray Watkins. Du weißt das. Ich weiß das. Verdammt, jeder weiß das. Darum geht es doch! Deshalb ist sie davongelaufen.«

»Ray hat seine Zeit abgesessen. Er hat für seine Schuld bezahlt. So funktioniert das doch, oder? Du arbeitest für die Staatsanwaltschaft, du solltest es wissen. Es ist fünfundzwanzig Jahre her. Man hat ihn ein paar Jahre früher entlassen, wegen guten Benehmens. Tante Beth sagt, er ist religiös geworden. Hat zu Gott und Jesus gefunden.« Marilyn zog ihren Arm zurück, und er ließ los.

»Und woher weiß eure Tante Beth das?«

»Keine Ahnung. Ich meine, sie hätte erzählt, dass er sogar ein geistliches Amt übernommen hat. Er leitet eine Männergruppe in der Strafanstalt oder so was.«

»Aber Ray hat sich auf Lucy fokussiert. Er hat ihr jahrelang Briefe geschrieben.«

Marilyns Augen wurden für einen kurzen Moment dunkel, dann wedelte sie mit der Hand, als verscheuche sie ein lästiges Insekt. »Das hat schon vor Jahren aufgehört.«

»Tatsächlich? Oder hat sie einfach nur aufgehört, darüber zu reden?«

»Sag du es mir. Du warst mit ihr verheiratet.«

Ian antwortete nicht. Sie wussten beide, dass Lucy Champagne McKenna mit ihrer Vergangenheit kämpfte und ihre Geheimnisse für sich behielt.

»Was ist mit dir, Marilyn? Hast auch du Post von ihm bekommen? Oder eure Mom?«

»Ich war nicht diejenige, die ihn mit ihrer Aussage ins Gefängnis gebracht hat, und Tina auch nicht. Sie war ja sogar zu geschwächt, um vor Gericht auszusagen.«

»Hast du Briefe von ihm bekommen oder nicht?«

»Nur einen. Kurz nachdem er verknackt wurde. Er hat behauptet, er sei unschuldig und würde mich vermissen.«

Ihr trotzig vorgerecktes Kinn sagte etwas anderes und gab ihm gleichzeitig zu verstehen, dass das Thema für sie abgeschlossen war. Er schlug einen anderen Kurs ein. »Marilyn, wenn Lucy vor ihm wegläuft, kann ich ihr helfen.«

»Ach, um Himmels willen, Ian!« Sie verdrehte erneut die Augen. »Ich habe dir alles erzählt, was ich weiß. Wenn irgendwer eine Ahnung haben könnte, wo Lucy steckt, dann ist es Mom. Ich wünsche dir viel Glück!« Sie musterte ihn ein letztes Mal abschätzig, dann schlug sie ihm die Tür vor der Nase zu.

LOS ANGELES, KALIFORNIEN

Damals

»... wir befinden den Angeklagten im Sinne der Anklage für schuldig«, verkündete der korpulente Sprecher der Geschworenen mit donnernder Stimme vor Gericht. So laut, dass jeder im überfüllten Saal ihn klar und deutlich verstehen konnte, inklusive Lucy, die sich eng an ihre Tante Beth drückte. Ringsum erhob sich Stimmengemurmel, der Raum knisterte vor Spannung. Ray, der hinter dem schmalen Tisch der Verteidigung stand, brach fast zusammen.

»Ich bin unschuldig!«, beharrte er und stützte sich auf die Tischplatte. »Ich habe nicht versucht, sie umzubringen!« Und dann sah er über seine Schulter und suchte Lucys Augen. Sie zuckte zurück beim Anblick seines entstellten Gesichts, der gezackten roten Narbe, die von seinem schlaff herabhängenden Auge abwärts verlief, dort, wo die Schere das Fleisch zerschnitten hatte.

Lucy unterdrückte einen Schrei. Die Narbe schien vor Zorn zu pulsieren. Sie hatte gehört, dass die Polizisten ihn in seinem Apartment verhaftet hatten. Sein Wagen war bereits mit seinen Habseligkeiten gepackt.

»Das Kind hat es getan!«, rief Ray anklagend. Speicheltröpfchen flogen aus seinem Mund. »Diese kleine Verrückte da ist mit einer Schere auf uns losgegangen! *Sie* hat die Schublade aufgerissen und die Pistole rausgenommen. Sie wusste, wo die Waffe liegt, denn sie hat immer wieder Tinas Sachen durchwühlt, das schwöre ich beim Grab meiner Mutter. Ich habe nicht versucht, Tina umzubringen. Ich liebe sie!« Seine Schultern in dem marineblauen Anzug hoben und senkten sich, seine Stimme brach. »Ich liebe sie. Ich war's nicht. Es war das Kind.« Ein Officer wollte ihn aus dem Saal führen, aber er wehrte sich und schrie: »Es war das Kind! Ich habe keine Ahnung, warum Tina das nicht klarstellt.«

Weil sie es nicht konnte. Sie lag immer noch im Krankenhaus, ihre Erinnerung war verschwommen, ihre Stimme nicht mehr als ein heiseres Krächzen. Die Verletzungen durch die Schere an ihrem Hals waren gravierend, es würde lange dauern, bis sie sich davon erholte. Ihre Kinder hatte sie daher in die Obhut ihrer strengen Schwester Beth gegeben.

Die Leute hinter ihnen rückten auf ihren Stühlen hin und her oder scharrten mit den Füßen, aber Lucy schenkte ihnen keine Aufmerksamkeit. Ihr Blick war einzig und allein auf Ray gerichtet, der sich umdrehte und sie fokussierte. *Dafür wirst du bezahlen,* schienen seine Lippen zu formen. »Sie hat es getan! Diese kleine Lügnerin!« Er stieß den Zeigefinger anklagend in Lucys Richtung. Die Narbe pochte.

»Heilige Mutter Gottes.« Tante Beth sprang auf und schob Lucy und ihre Geschwister aus dem Gerichtssaal, begleitet von mehreren Polizisten in Uniform. Im Hinausgehen hörte Lucy die Fragen, die man ihr nachrief:

»Sagt er die Wahrheit?« Eine schrille Frauenstimme.

»Hast du die Waffe genommen?« Eine näselnde Männerstimme. »Müsstest *du* in Wahrheit vor Gericht stehen?«

»Lucille! Süße! Hier drüben!« Eine weitere Männerstimme, diesmal mit ausländischem Akzent. »Hast du versucht, deine Mutter zu töten?«

»Schluss damit! Natürlich hat sie das nicht getan«, schimpfte Tante Beth, die größer war und willensstärker als Mama. »Außerdem ist sie viel zu jung, um vor Gericht gestellt zu werden. Was denken Sie eigentlich?«

»Was, wenn sie tatsächlich versucht hat, Tina Champagne umzubringen?« Wieder die schrille Frauenstimme.

»Hat sie nicht.« Tante Beth fasste Lucy bei den Schultern und schob sie an den gaffenden Zuschauern vorbei. »Oh, ich wusste, dass es ein Fehler war, herzukommen.«

Sie wurden durch eine Seitentür in einen langen Flur geführt, der an einer Wendeltreppe endete. »Komm, Lucy!« Tante Beth nahm sie an die Hand, und zusammen verließen sie das Gerichtsgebäude. Draußen stand die Sonne hoch am Himmel, und die Polizisten eskortierten sie zu einem wartenden Wagen.

Tante Beth setzte sich auf den Beifahrersitz des Mercedes, während Lucy und ihre Geschwister auf der Rückbank Platz nahmen. Am Steuer saß Melvin, Mamas Manager. Noch bevor sie sich angeschnallt hatten, gab Melvin Gas und bog mit hoher Geschwindigkeit um die Ecke. Lucy kletterte mit den Knien auf die Rückbank und schaute durch die Heckscheibe. Vor dem Gerichtsgebäude hatte sich ein Pulk Menschen versammelt.

»Setz dich hin und schnall dich an«, befahl Tante Beth. »Mel, hast du an einen Kindersitz gedacht?«

»Ich hatte andere Dinge im Sinn.« Lucy ließ den Gurt einrasten und sah, wie Mel Tante Beths Hände tätschelte. »Das war es wert. Du wirst schon sehen, für wie viel Publicity dieser Auftritt sorgt, wenn *Autumn Heat* Premiere feiert.«

Marilyn verdrehte die Augen und blickte aus dem Seitenfenster, während Clark finster auf Tante Beths Hinterkopf starrte.

»Aber dafür ein Kind in den Gerichtssaal zu schleppen, ein Kind, das ...« Tante Beth verstummte und griff kopfschüttelnd in ihre Handtasche, um ein juwelenbesetztes Zigarettenetui hervorzuziehen. Sie steckte sich einen ihrer langen, schlanken Glimmstängel an.

»Du solltest hier drinnen nicht rauchen«, sagte Melvin und bremste vor einer roten Ampel ab. Tante Beth ließ die Scheibe hinunter.

»Es war ein harter Tag.« Sie nahm einen tiefen Zug und blies den Rauch aus dem Fenster, dann inhalierte sie noch zwei Mal, bevor sie die Zigarette im Aschenbecher ausdrückte und die Scheibe wieder hochfuhr.

»Besser?«, fragte Melvin.

»Nein. Ein Gerichtssaal ist kein Ort für ein Kind.«

»Komm schon, Süße. Später wird sie sich gar nicht mehr daran erinnern.« Er machte sich am Radio zu schaffen, während Marilyn murmelte: »Rück mal, Lucy. Ich bekomme ja kaum noch Luft.«

Lucy ignorierte ihre ältere Schwester, genau wie sie Clark ignorierte, dessen Bein zitterte, wie immer, wenn er nervös war.

»Sie bekommt mehr mit, als du denkst«, widersprach Tante Beth flüsternd. »Sie hört und sieht alles. Das ist mitunter ziemlich nervtötend, um nicht zu sagen verstörend.« Sie schauderte gespielt. »Unheimlich. Seit ... du weißt schon ... ist sie ein bisschen ... seltsam ...« Tante Beth beugte sich näher zu Melvin. »Sie weint nie. Das habe ich dir erzählt, oder?«

Lucy hatte geweint. Viel. Die anderen hatten es nur nie gesehen. Sie wollte nicht, dass sie es mitbekamen.

»Es ist vorbei«, sagte Mel mit einem zufriedenen Lächeln und legte seine Hand auf Tante Beths Knie. Sein

Ring – Gold, mit einem gelben Stein – schnitt ihm in den fetten Finger und funkelte im hellen Sonnenlicht, das durch die mit Insektenleichen übersäte Windschutzscheibe fiel.

»Das kannst du nicht wissen.« Tante Beth zog ihr Knie fort.

»Doch, da bin ich mir sicher«, widersprach er.

Die Sonne knallte gnadenlos aufs Wagendach, die Luft flimmerte vor Hitze. Lucy musste die Augen zusammenkneifen wegen des gleißenden Lichts.

Während Mel sich an der Klimaanlage zu schaffen machte, drehte Tante Beth den Suchknopf am Radio, bis sie einen Sender fand, in dem ein Song lief, den Mama oft gesungen hatte – über eine Spottdrossel und einen Diamantring.

Das Lied machte Lucy traurig, doch es schien Tante Beth aufzumuntern. Sie wandte sich wieder an Mel und sagte mit ruhigerer Stimme: »Ich hoffe nur, dass der Film gut läuft.«

»Ein sexy Thriller mit Tina Champagne als Hauptdarstellerin, der bald nach der skandalösen Tragödie in die Kinos kommt, die sie um ein Haar das Leben gekostet hätte? Besser könnte es nicht laufen – außer es gelingt uns, sie zur Premiere zu bringen, damit sie ihren Fans zuwinkt.«

»Hm. Dazu wird sie sich nicht überreden lassen. Es sei denn, du treibst einen Visagisten auf, der Wunder vollbringen kann, und einen nobelpreisverdächtigen Psychiater.«

Mel grinste breit. Lucy betrachtete sein Gesicht im Rückspiegel. »Im Grunde ist es nicht wichtig. Wir werden auch so tonnenweise Publicity bekommen.« Er zwinkerte

Lucy im Spiegel zu, als hätte er gerade einen Witz gerissen, den nur sie beide verstanden. Sie starrte ihn an, und in diesem Moment wusste sie, dass sie ihn hasste, auch wenn sie nicht sagen konnte, warum. Sie hasste ihn von ganzem Herzen.

CASCADE MOUNTAINS, OREGON

Jetzt

»Ich möchte mit Daddy sprechen«, verlangte Renee nach einer langen Nacht in dem zugigen Blockhaus. Das Abenteuer, wenn man es denn so nennen wollte, hatte sich totgelaufen. Renees Begeisterung verglühte wie die Holzscheite im Kamin. Lucy drückte ihre Tochter, die irgendwann um Mitternacht aus ihrem Schlafsack gekrabbelt und in Lucys geschlüpft war, an sich und fragte sich, ob sie die richtige Entscheidung getroffen hatte. Sie küsste Renees Scheitel. Es war fahrlässig gewesen, hierherzukommen. Wenn sie sich verstecken wollte, hätte sie Richtung Süden fahren sollen, wo das Klima milder war.

Zum Beispiel nach L. A.?, höhnte ihre innere Stimme.

Nein. Sie hatte diese Stadt und die umliegende Gegend gemieden wie die Pest, hatte nie mehr an den Ort zurückkehren wollen, an dem sie ihre Mutter verloren hatte, obwohl diese die Tragödie überlebte.

»Mommy, ich hab gesagt, ich möchte …«

»Du möchtest mit deinem Vater sprechen, ich weiß.« Lucy blickte zum Fenster mit dem kaputten Laden. Draußen war es stockdunkel. Sie warf einen Blick auf die Uhr. Fünf Uhr siebenunddreißig. »Es ist noch zu früh. Er schläft bestimmt.«

»Woher willst du das wissen?«

»Ich nehme es an.« Lucy dachte daran, wie sie früher von Ians leisen Schnarchgeräuschen aufgewacht war, sah seine zerzausten dunklen Haare vor sich. Meist hatte er den Arm um sie geschlungen. Renee hatte nebenan geschlafen. Damals war ihr das Leben so einfach erschienen. Warm. Sicher. Jetzt dagegen ... Sie krabbelte aus dem Schlafsack und rieb sich fröstelnd über die Arme. »Es ist wirklich noch sehr früh. Bleib du ruhig noch ein bisschen mit Merlin liegen, ich sehe zu, dass ich das Feuer wieder in Gang bringe.«

Lucy warf sich ihre Jacke über, schlüpfte in die Stiefel und tappte durchs Wohnzimmer in die Küche, um die schwere Kommode zur Seite zu rücken, mit der sie die Hintertür verbarrikadiert hatte. Bibbernd trat sie auf die Veranda und richtete den Strahl der Taschenlampe auf den Feuerholzstapel. Irgendwann in der Nacht hatte sich der Sturm gelegt. Die dicke Neuschneeschicht glitzerte im silbernen Licht einer schmalen Mondsichel. Die Äste und Zweige der Bäume bogen sich unter der schweren Last, große Eiszapfen hingen an den Dachtraufen.

Ein Winterwunderland, dachte sie, wäre da nicht das permanente Bewusstsein der Gefahr gewesen, in der sie schwebten. Sie betrachtete die Tannen und Kiefern rings um die Lichtung und spürte, wie sie eine Gänsehaut bekam.

Um sich zu beruhigen, ließ sie die Taschenlampe über die Schneedecke schweifen. Nirgendwo waren frische Fußabdrücke zu entdecken, nichts deutete darauf hin, dass jemand die Lichtung betreten hatte. Laut der Landkarte, die sie vor der Fahrt gründlich studiert hatte, lag die nächste Hütte eine Viertelmeile bergab an einer der versteckten Zufahrten, die von der schmalen Straße aus kaum zu erkennen waren. Lucy bückte sich und nahm einen Armvoll Feuerholz vom Stapel. Sie trug es ins Blockhaus und legte es neben dem Kamin ab, dann ging sie ein zweites Mal hinaus. Nachdem sie die Hintertür abgesperrt hatte, schichtete sie mehrere Scheite auf die glühenden Kohlen von letzter Nacht, und bald flackerte das Feuer wieder auf und verbreitete eine wohltuende Wärme. Auch die alte Heizung gluckerte, aber selbst wenn sie sie voll aufdrehte, wollte es nicht richtig warm im Blockhaus werden.

Als sie ins Schlafzimmer zurückkehrte, stellte sie fest, dass Renee wieder eingenickt war. Merlin wollte hinausgelassen werden, deshalb sperrte sie die Hintertür erneut auf und wartete auf der Veranda, bis er sein Geschäft erledigt und die nähere Umgebung Zentimeter für Zentimeter abgeschnüffelt hatte. Nachdem er etwas Wasser aus einer Schüssel geschlabbert hatte, die Lucy neben die Tür gestellt hatte, verschwand er im Schlafzimmer und rollte sich an Renees Füßen zusammen.

Lucy machte sich an die Arbeit und rückte dem Blockhaus mit Wischeimer und Lappen zuleibe, die sie in einem Schrank in der Küche gefunden hatte. Sie ließ das Wasser laufen, bis es nicht mehr rostig war. Gott sei Dank funktionierte der Strom auch heute, obwohl die Lichter zweimal flackerten. Sie drückte auf den Knopf des Boilers, der glücklicherweise ebenfalls ansprang. Das Blockhaus war zwar alles andere als heimelig, aber sie wollte ohnehin nicht lange bleiben. Nur bis ihr Fluchtplan stand.

Du kannst nicht für immer weglaufen.

»Das tue ich auch nicht«, sagte sie laut und sah durch die offene Schlafzimmertür, wie Merlin den Kopf hob und sie anblickte. »Ich rede bloß mit mir selbst«, erklärte sie, und der Hund legte den Kopf wieder ab.

Und wohin willst du? Du kannst Renee nicht auf ewig von ihrem Vater fernhalten, ganz gleich, welchen Namen du ihr gibst.

»Mir wird schon etwas einfallen«, machte sie sich flüsternd Mut. Vielleicht würde sie nach Europa zurückkehren. Aber nicht nach Österreich, dort würde er sie suchen. Vielleicht nach Paris, Madrid oder Florenz – Städte, die groß genug waren, dass man dort untertauchen konnte. Das genaue Gegenteil von dieser abgeschiedenen Gegend. Lucy legte ein weiteres Scheit in die Flammen, kehrte etwas Asche in die Feuerbox und sah zu, wie das trockene Holz knackend Feuer fing. Dann betrachtete sie ihre schlafende Tochter, deren braune Locken sich dunkel vom weißen Kissen abhoben. Ian würde ihr nicht erlauben, Renee außer Landes zu schaffen. Niemals. Da konnte sie noch so viel bitten, flehen, drohen und weinen, er würde hart bleiben. Nein. Europa kam nicht infrage. Mexiko auch nicht. Genauso wenig wie Kanada. Neuseeland? Japan? Ägypten? Gab es auf der Welt einen Ort, an dem sie in Sicherheit wären?

Nein.

Die Wahrheit war, dass sie sich der Vergangenheit stellen musste. Ganz gleich, wie schmerzhaft dies war.

EIN TRANSATLANTIKFLUG

Damals

»Am Flughafen in Salzburg werden wir abgeholt«, verkündete Tante Beth ein weiteres Mal nervös, während sie sich zu Lucys Sitz hinunterbeugte, ein Gangplatz, vier Reihen hinter der ersten Klasse, die Mel und sie für sich gebucht hatten.

»Ich möchte nicht nach Australien«, hatte sich Lucy beschwert, nicht zum ersten Mal auf der langen Reise.

»Österreich, nicht Australien, du Dummkopf.« Marilyn saß neben ihr und blätterte durch die Seiten des *People Magazine*. Auf dem Cover waren Madonna und irgendein Kerl, den sie heiratete, abgebildet. Das Heft war alt, und Marilyn las nicht wirklich darin. Sie benutzte es nur, um zu vertuschen, dass sie eine aktuelle Ausgabe der Zeitschrift *Cosmo* darin versteckt hatte. Die *Cosmo* zählte zu den Magazinen, die Tante Beth definitiv nicht gutheißen würde. »Das ist ein großer Unterschied. Österreich ist in Europa. Ein Land. Kein Kontinent.« Sie nahm ihren Sony Discman aus der Tasche am Sitz vor ihr.

»Als wüsstest du alles!«, hielt Lucy schnippisch dagegen.

»Zumindest weiß ich sehr viel mehr als du. Wir müssen ins Internat in Salzburg, Österreich, ans Ende der Welt.«

»Du bist bloß sauer, weil du dann nicht mehr bei Nathan bist!«, stieß Lucy wütend hervor und sah, wie ihre Schwester zusammenzuckte. Blinzelnd kämpfte Marilyn gegen die Tränen an, die sich Bahn zu brechen drohten, weil sie wegen des Internatsaufenthalts mit ihrem neuesten

Freund hatte Schluss machen müssen. Marilyn wechselte häufig die Freunde, was stets mit vielen Tränen und jeder Menge Drama einherging.

»Kein Wort mehr darüber«, murmelte sie.

»Warum ist Mama nicht mitgekommen?«, fragte Lucy.

»Ach, Liebes, du weißt doch, warum«, schaltete sich Tante Beth mit dem festen Tonfall ein, den Lucy so hasste und den Marilyn »bevormundend« nannte.

»Mom ist krank.«

»Aber es geht ihr doch schon besser«, hielt Lucy dagegen, womit sie nur das wiederholte, was die anderen ihr gesagt hatten. Doch ihre Tante und ihre ältere Schwester tauschten einen wissenden Blick. »Stimmt das etwa nicht? Es ist doch genau das, was ihr behauptet habt!«

»So etwas braucht Zeit«, erklärte Tante Beth und schenkte ihr ein trauriges Lächeln, bevor sie sich halb vor Lucys Sitz schob, damit die Stewardess vorbeikonnte.

»Wie lange noch?«

Marilyn seufzte. »Mein Gott, Lucy, jetzt führ dich nicht auf wie ein Baby. Du bist acht Jahre alt, verdammt noch mal, fast neun. Niemand kann wissen, wann Mama wieder gesund ist.«

»Aber sie ist doch schon so lange krank. So schrecklich lange! Und warum schickt sie uns nach Australien?«

»Österreich!«, blaffte Marilyn. »Salzburg ist in Österreich!«

Eine Frau mit einem roten Hut, die in der Reihe vor ihr saß, drehte sich um und warf Lucy einen missbilligenden Blick zu. Egal.

»Ich möchte bloß wissen, warum Mama uns nicht mehr haben will!«

»Oh, Lucy, es ist doch nicht so, dass sie uns –«

»Still, Mädchen! Jetzt ist Schluss.« Tante Beth warf einen Blick auf die Passagiere, die am nächsten bei ihnen saßen – ein glatzköpfiger Mann und eine mollige Frau. Beide sprachen mit starkem englischem Akzent, wie Lucy mitbekommen hatte, als sie ihre Mahlzeiten bestellten.

Marilyn steckte eine neue CD in ihren Discman und warf ihrer kleinen Schwester einen Werde-endlich-erwachsen-Blick zu, dann setzte sie ihre Kopfhörer auf. »Es ist ihre Schuld«, sagte sie anklagend. »Sie ist echt verrückt.«

»Marilyn!« Tante Beth warf ihr einen scharfen Blick zu.

Marilyn zuckte die Achseln. »Stimmt doch.«

»Sei nicht albern.« Tante Beth gab Lucy einen Klaps auf die Schulter und flüsterte: »Es dauert nicht mehr lange, dann sind wir in Salzburg.«

Wen interessiert das?, dachte Lucy. Mürrisch zog sie die Beine an und trat dabei gegen den Sitz vor ihr. Der Mann neben der Frau mit dem roten Hut drehte sich um und warf ihr einen bösen Blick zu.

»Hör auf damit«, warnte Marilyn und kniff sie in den Arm.

»Autsch!« Lucy rückte von ihrer Schwester ab und konnte sich gerade noch bremsen, ihr die Zunge rauszustrecken, denn dann würde Marilyn sie garantiert wieder »Baby« nennen, und das hasste sie. Also schlug sie nur die Beine übereinander und tippte mit der Schuhspitze wiederholt gegen den Sitz vor ihr, sodass sich der Mann noch mehrfach erbost umdrehte.

Nach einer Weile wandte sie sich ihren Barbies zu und zog eine Grimasse. Erst letzte Woche, kurz bevor sie von der Reise erfahren hatte, hatte Lucy den blonden Ken und seine langmähnige Freundin Barbie in Smoking und

Abendrobe gesteckt und so getan, als würden die beiden über den roten Teppich schreiten wie bei der Premiere von Lucys Lieblingsfilm mit Mama in der Hauptrolle: *Love Goes Rogue*.

Die Premiere zu besuchen war das Letzte, was Barbie und Ken als Paar unternommen hatten. Anschließend hatte Lucy den beiden die Köpfe abgeschnitten und diese mitsamt den enthaupteten Puppen in ihrem Kulturbeutel versteckt.

CASCADE MOUNTAINS, OREGON

Jetzt

»Lucy? Luuucy? Ich weiß, wo du bist«, wisperte die formlose, finstere Gestalt, die durch die Dunkelheit schlich. »Du kannst dich nicht vor mir verstecken. Luuucy!«

»Nein!«, versuchte sie zu schreien, doch sie brachte keinen Laut hervor. *Lauf!*, befahl sie sich selbst, aber ihre Beine gehorchten ihr nicht. Es war, als würde sie in Treibsand feststecken, und als sie die Hände hob, sah sie, dass sie blutverschmiert waren. Mit dickem, warmem, klebrigem Blut.

»Luuucy«, zischte die Gestalt erneut, und wieder blieb ihr der Schrei in der Kehle stecken.

Lucy riss die Augen auf und wusste für eine Sekunde nicht, wo sie war. Blinzelnd spähte sie in das dunkle, unvertraute Zimmer.

Renee! Wo war ihre Tochter? O Gott!

Die Realität kehrte mit voller Wucht zurück. Sie wusste, dass sie geträumt hatte, dass ihre Albträume wieder da waren. Ihre Tochter und der Hund lagen neben ihr und schliefen. Wie lange waren sie schon in diesem Blockhaus? Drei Tage? Vier?

Lucys Herz raste, ihre Nerven waren bis zum Zerreißen gespannt wegen der so realen, beunruhigenden Bilder. Sie warf einen Blick auf die Uhr und stellte fest, dass es nicht mal drei war. Bis es hell wurde, würde es noch Stunden dauern. Das alte Blockhaus ächzte und seufzte in dem schweren Schneesturm, der draußen tobte. Sie stand auf, tappte ins Wohnzimmer und legte ein weiteres Scheit ins Feuer. Die Flammen züngelten auf und leckten knisternd am Holz.

Aufgewühlt trat Lucy an das Fenster mit den kaputten Läden und spähte hinaus. Der Albtraum hatte ein mulmiges Gefühl hinterlassen, und sie musste wieder einmal an jene Nacht denken, in der alles angefangen hatte. Die Nacht, in der Ray Mama attackiert hatte. So war es doch gewesen, oder nicht? Ray war ins Schlafzimmer gekommen und hatte einen Streit angefangen. Mama hatte im Bett gelegen und ... Sie gab sich alle Mühe, sich zu erinnern, doch sie konnte nur Bruchstücke des grauenvollen Abends einfangen.

Sie hatte sich im Bad versteckt. Den Streit gehört. Ray, der sich über Mama beugte. Und dann war das Licht ausgegangen.

Auch jetzt noch, so viele Jahre später, fing Lucys Herz an, furchtsam gegen ihren Brustkorb zu hämmern. Sie erinnerte sich, dass sie aus ihrem Versteck hinter der Badezimmertür gestürmt und zum Bett gerannt war, die große Schere hoch erhoben. In dem Moment war die Schlafzimmertür aufgeflogen. Flurlicht fiel ins Zimmer.

»O Gott!«, kreischte Marilyn und rannte zu Mama.

»Was zum Teufel ...?«, schrie Clark.

Lucy stieß zu.

Ray brüllte vor Schmerz, doch er ließ Mama nicht los. »Du kleines Miststück!«

Jemand versuchte, Lucy wegzuzerren, und sie hörte das Geräusch, mit dem die Schere aus dem Fleisch gezogen wurde. Eine Hand schloss sich darum und entzog sie Lucys Griff.

Mama ... Mama wand sich noch immer unter Ray. Etwas bewegte sich.

Blamm! Vor ihrem inneren Auge erblickte Lucy das Mündungsfeuer einer Pistole. Direkt aufs Bett gerichtet.

Hörte Schreie. Sie meinte, einen Arm zu sehen, der in die Höhe schoss. Die Schere blitzte im Flurlicht auf, bevor sie erneut herabsauste.

Mama schrie. Gurgelnd. Hustend. Panisch. Um ihr Leben kämpfend. Und ... und ...

»Und was?«, fragte Lucy laut ins Blockhaus hinein, das genauso finster war wie ihre Erinnerung. »Was?«

Sie schlug die Hände vor die Augen und grub die Finger in die Kopfhaut. An dieser Stelle hörten ihre Erinnerungen auf. Mehr hatte sie bislang nicht an die Oberfläche holen können. Sie konzentrierte sich und versuchte, auch den Rest auszugraben, aber es gelang ihr nicht. Das Nächste, woran sie sich erinnerte, war die Polizistin Lorna Davis, die sie auf der Hüfte die Treppe hinuntertrug, nachdem Mama auf einer Bahre aus dem Schlafzimmer gebracht worden war.

»Verdammt.« Frustriert stapfte Lucy auf den Fußboden. *Hör auf damit. Du willst doch nicht, dass Renee aufwacht. Reiß dich zusammen.*

Doch exakt das war das Problem – sie konnte sich noch so sehr zusammenreißen, es gelang ihr einfach nicht, sich zu erinnern. Selbst Unmengen an Psychotherapiestunden hatten ihr nicht weiterhelfen können, genauso wenig wie Schwester Rosa, Schulpsychologin und Beratungslehrerin am Internat in Salzburg. Oder die Psychologen nach ihrer Rückkehr in die Staaten. Nicht einmal der Hypnotiseur, an den sie sich in ihrer Verzweiflung gewandt hatte, als sie spürte, dass ihre Ehe zerbrach. Alles hatte sich als Sackgasse entpuppt.

Sie hatte damals ausgesagt, woran sie sich erinnerte. Und wegen ihrer Aussage hatte Ray Watkins ein Vierteljahrhundert hinter Gittern verbracht.

Beiß dich nicht daran fest. Schmiede lieber einen Plan. Es ist doch keine Lösung, dass du dich hier versteckst.

Sie machte sich einen Pulverkaffee und ermahnte sich, nicht durchzudrehen vor Sorge, aber sie wusste, dass Ray Watkins sie nicht vergessen hatte. Irgendwie war es ihm gelungen, ihre Adresse ausfindig zu machen und ihr aus dem Gefängnis Briefe zu schreiben, auf weißem, liniertem Papier und mit Bleistift. In manchen standen Gedichte, andere enthielten Zeichnungen, und alle waren freundlich gewesen, zumindest oberflächlich, doch Lucy meinte, auf den sorgfältig gestalteten Seiten versteckte Botschaften zu entdecken. Waren das Augen am Stamm einer Trauerweide? Schauderhafte Augäpfel mit zerfetztem Fleisch, die ihr drohend entgegenblickten? Ein anderes Blatt war mit rankendem Wein verziert, der ein Gedicht einrahmte – oder waren es Arme mit würgenden Händen?

Bauschte sie das Ganze auf, indem sie mehr dahinter vermutete, als tatsächlich dran war? Nein, sagte sie sich entschieden, denn irgendwie war es Ray gelungen, auf dem Laufenden zu bleiben, was ihr Leben betraf. So hatte er ihr zum Beispiel zu ihrer Hochzeit mit Ian gratuliert und zur Geburt von Renee Grace, wenn auch mit einem Monat Verspätung. Von dem Tag an hatte er jedes Jahr einen Brief geschickt, der in der Woche von Renees Geburtstag eintraf, weshalb sich Lucy nicht nur auf den Geburtstag ihrer Tochter freute, sondern zugleich das Eintreffen des Glückwunsches fürchtete.

Er hatte ihr nie eine direkte Drohung geschickt. Nein. Doch die Briefe waren genau so gemeint. Lucy hatte die unausgesprochene Bedeutung der Worte gespürt, und daran dachte sie jetzt, als sie einen Schluck Kaffee nahm.

Jeden Tag, seit sie hierhergekommen waren, war sie über eine Meile bergab gewandert zu der Stelle, an der sie ihren Toyota RAV4 geparkt hatte, um ihn anzulassen und sicherzugehen, dass die Batterie nicht leer war. Gleichzeitig hatte sie ihr Handy aufgeladen und das Internet nach Hinweisen auf Ray Watkins durchforstet. Ihre Tochter nahm sie stets mit, sehr zu Renees Freude, die dann ebenfalls ins Netz ging, auch wenn sie keine Textnachricht verschicken oder irgendwen anrufen durfte.

Das würde sich ändern müssen. Vielleicht heute noch. Sie würde Renee erlauben, ihren Dad zu kontaktieren, damit Ian nicht völlig ausflippte. Sie musste dankbar sein für seine Fürsorge, dachte sie, denn ihr eigener Vater hatte sich einen Dreck um sie geschert.

Seit seiner Entlassung hatte Watkins nicht versucht, mit ihr in Kontakt zu treten. Sie hatte von Anfang an ihren E-Mail-Eingang überprüft, doch nichts gefunden. Auch ihre Online-Recherchen hatten bislang nichts ergeben: Ray Watkins' Entlassung hatte nur wenig Medieninteresse ausgelöst. Nach einem Vierteljahrhundert interessierte sich kein Mensch mehr für einen Schmalspurverbrecher und eine zweitklassige Schauspielerin – schon gar nicht angesichts der Skandale, die heutzutage tagtäglich im Fernsehen, Internet oder in den sozialen Medien präsentiert wurden.

Fast hatte sie gedacht, es wäre vorbei, doch dann war letzte Woche der Brief eingetroffen. Wieder auf weißem, liniertem Papier, noch mit seiner Gefängnis-Adresse, inklusive Zellenblock und der Warnung auf dem schlichten Umschlag, dass der Absender inhaftiert sei. Wieder umrahmte mit Bleistift gezeichneter Wein die Schrift auf dem Papier, schiefergraue Blätter und verschlungene Ranken, die an einen Galgenstrick erinnerten. Die Nachricht lautete schlicht: *Ich habe dich vermisst.* Und natürlich hatte er einen Verweis auf einen Bibelvers beigefügt.

Lucy war schlecht geworden. Das musste der letzte Brief sein, den Ray vor seiner Entlassung noch im Gefängnis geschrieben hatte.

Deshalb war sie weggelaufen. Ihr übliches Verhalten in stressbehafteten Situationen.

Sie hatte Ian in den acht Jahren ihrer Ehe zweimal verlassen, beide Male nach einem gewaltigen Streit, den sie vom Zaun gebrochen hatte. Beide Male war sie am nächsten Tag wieder nach Hause gekommen und hatte geschworen, dass sie nie wieder die Flucht ergreifen würde. Beide Male hatte sie ihren Schwur gebrochen.

Hatte sie auch diesmal kopflos gehandelt? Überreagiert? Vielleicht. Aber sie konnte nicht vorsichtig genug sein. Sie schaute zu ihrer Tochter hinüber. So kostbar. So schön. Und so verdammt verletzlich. Lucys Kehle wurde eng, als sie Renee beim Schlafen zusah. Nur noch ein paar Tage. Sie starrte aus dem Fenster, hörte den Wind heulen, der die dünnen Glasscheiben zum Klirren brachte. Sie wandte sich um und warf einen Blick Richtung Küche. Sie hatten genügend Vorräte, um noch eine Weile durchzuhalten.

Als sie sich wieder zum Fenster drehte, erstarrte sie. Durch die gefrorene Scheibe blickte ihr ein Gesicht entgegen. Ihr Herz setzte einen Schlag aus.

Da war ein Mann. Draußen. Er. *Herr im Himmel!*

Lucy löste sich aus ihrer Starre, wirbelte herum und zog die Glock aus ihrer Jackentasche. Als sie wieder zum Fenster sah, war das Gesicht verschwunden. Hatte sie es sich nur eingebildet? Oder hatten ihr die tanzenden Flammen im Kamin, die sich in der Scheibe spiegelten, einen Streich gespielt? Draußen war weit und breit nichts zu sehen. Ray Watkins war nicht hier, in der eisigen Berglandschaft in der Nähe des Mount Hood.

Die einzige Gefahr, die momentan tatsächlich bestand, war die, dass sie vor lauter Angst den Verstand verlor.

Um Himmels willen, Lucy! Reiß dich endlich zusammen!

LOS ANGELES, KALIFORNIEN

Jetzt

Der letzte Mensch, den Ian in Tina Champagnes hundert Jahre altem Haus im Norden von Hollywood anzutreffen erwartet hatte, war Clark Rivera, Lucys Halbbruder. Aber da war er. Stand in der gewölbten Türöffnung und überragte Ian um gut fünf Zentimeter. Wie sein Vater hatte Clark dunkle Haut und schwarze Haare, die zu einem raspelkurzen Militärhaarschnitt geschoren waren. Seine Augen waren hellbraun, die Nase nach unten gebogen wie der Schnabel eines Habichts. Misstrauisch sah er Ian an. »Wen haben wir denn da?«, sagte er in dem herablassenden Ton, der Ian schon immer auf die Nerven gegangen war. »Meinen Ex-Schwager höchstpersönlich.« Clark schien genauso überrascht und enttäuscht, wie Ian sich fühlte.

»He, Clark.«

»Bist du hier, weil du Mom sehen willst?«

»Ja.«

»Weiß sie das?«

»Ich habe angerufen und bei ihrer Assistentin eine Nachricht hinterlassen.«

»Oh. Bei Angie?« Clark nickte. »Okay. Sie ist hinter dem Haus, am Pool.« Bevor Ian etwas erwidern konnte, hob er abwehrend beide Hände. »Frag nicht. Das gehört zu ihrer täglichen Routine, ganz gleich, ob es regnet oder die Sonne scheint, ob Sommer oder Winter. Ich sage schon lange nichts mehr dazu.«

»Verständlich. Ich bin hergekommen, weil ich Lucy suche«, erklärte Ian.

»Sie ist nicht hier.« Clark schüttelte den Kopf.

»Ich hatte gehofft, deine Mutter könne mir verraten, wo sie ist. Oder du.«

»O nein, echt nicht.« Wieder hob er abwehrend die Hände.

»Sie ist verschwunden.«

»Und es ist nicht das erste Mal, dass meine kleine Schwester vermisst wird. Außerdem dachte ich, ihr zwei seid geschieden.«

Ian schob das Kinn vor.

»Das nehme ich mal als ein Ja«, sagte Clark mit wissendem Blick.

»Und du hast keine Ahnung, wo sie ist?«

»Ich habe nicht mehr mit Lucy gesprochen, seit ... ja, seit ihr zwei geheiratet habt.« Er zog die Augen zu schmalen Schlitzen zusammen und fragte skeptisch: »Warum zur Hölle kümmert es dich eigentlich, wo sie steckt?«

»Weil sie meine Frau ist – war. Renees Mutter.«

»Dann gib eine Vermisstenanzeige auf. Du warst doch mal ein Cop, wenn ich mich richtig erinnere. Du weißt, wie der Hase läuft.« Er warf einen Blick auf die Uhr. »Ich muss los, ein Drehbuch für Mom von ihrem Agenten abholen. Keine Ahnung, warum er es ihr nicht per E-Mail schickt.« Er zog eine Ray-Ban aus seiner Hemdtasche und setzte sie auf.

»Du arbeitest für Tina?«

»Nur bis ich einen neuen Job finde. Morgen früh habe ich ein Vorstellungsgespräch bei einem Wach- und Sicherheitsdienst. Ich fliege noch heute Abend nach San José, aber bis dahin bin ich Tina Champagne zu Diensten.«

Damit drängte er sich an Ian vorbei und eilte im Laufschritt zu seinem Jeep Wrangler, der mit geöffnetem Dach auf dem Zufahrtsrondell parkte. Clark stieg ein, ließ den Motor an und rollte dann durch das offene Tor.

Die Haustür war angelehnt, deshalb klopfte Ian nur an und betrat den kühlen Eingangsbereich mit den weiß verputzten Wänden.

Klackernde Schritte hallten auf dem dunklen Fliesenboden wieder. Eine zierliche Frau in einer grauen Tunika und dünnen Stiefeletten betrat das Foyer. Ihre Haare waren zu einem Knoten frisiert. »Wie sind Sie denn ... Oh, Sie sind der Ex-Schwiegersohn«, stellte sie fest. »Ich habe Fotos gesehen. Wir haben vorhin telefoniert.« Sie streckte ihm die Hand entgegen. »Ich nehme an, Clark hat Sie hereingelassen. Angie Morales, Ms Champagnes Assistentin. Sie erwartet Sie hinter dem Haus.« Sie ging Ian voran durch ein Wohnzimmer mit einem gefliesten Kamin und einem Stutzflügel. Eine offene Glastür führte zum Pool.

Tina Champagne hatte es sich in einem Lounge-Sessel bequem gemacht. Eingewickelt in eine Decke, das Gesicht hinter einer riesigen Sonnenbrille verborgen, einen großen Schlapphut zum Schutz vor der kalifornischen Wintersonne in die Stirn gezogen, hob sie grüßend die Hand, als sie Ian erblickte. Sie war noch immer eine schöne Frau, dachte er, obwohl ein Großteil ihres jugendlichen Aussehens den Fähigkeiten der besten Schönheitschirurgen, die der Golden State zu bieten hatte, geschuldet war.

Sie hatte die in Sandalen steckenden Füße ausgestreckt, auf einem kleinen Beistelltisch stand eine Tasse Kaffee, daneben lag ein zugeklapptes Taschenbuch.

»Ian«, begrüßte sie ihn mit der heiseren Stimme, die sie seit der Attacke damals hatte. Sie warf die Decke ab und stand auf, um ihn in eine Luftkussumarmung zu ziehen. Sie trug ein leichtes Trägerkleid. Als sie ihn losließ, rieb sie sich fröstelnd über die nackten Arme. »Setz dich.« Sie deutete auf den Lounge-Sessel auf der anderen Seite des Tischchens. »Angie bringt dir einen Kaffee oder etwas Stärkeres. Ich nehme an, du bist wegen Lucy hier.«

»Du weißt, dass sie verschwunden ist.«

»Ich weiß, dass sie gesagt hat, sie müsse mal raus. Hat sie das dir gegenüber nicht erwähnt?«

»Sie hat mir bloß eine kurze Nachricht geschickt. Auf meine Anrufe reagiert sie nicht.«

»Ich habe ebenfalls nur eine Textnachricht bekommen.«

»Und sie hat nicht geschrieben, wohin sie wollte?«

»Nein. Wie du sicher weißt, ist unsere Beziehung nicht gerade eng. Um ehrlich zu sein, habe ich sie seit Monaten nicht gesehen«, antwortete Tina. »Meine einzige Enkelin bekomme ich ebenfalls kaum zu Gesicht. Ich glaube, Lucy hat mir nie verziehen, dass ich sie nach Österreich geschickt habe, auch wenn sie das nie zugibt. Mir blieb damals weiß Gott keine Wahl – als hätte ich mich in meinem Zustand um sie kümmern können.« Tina schürzte die noch immer vollen, glänzenden Lippen, die dank Botox völlig faltenfrei waren. »Ihr Vater und ich haben das Internat damals für die beste Lösung gehalten.«

Ihr Vater. Der stets durch Abwesenheit glänzende Hamilton McKenna. Er war nie ein Teil von Lucys Leben gewesen, und inzwischen war er tot. Herzinfarkt im Fitnessstudio.

»Und du hast keine Angst vor Ray Watkins?«, fragte Ian.

»Gott bewahre – nein.« Tina hob ihre Sonnenbrille an und musterte ihn mit ihren aquamarinfarbenen Augen. »Das ist Schnee von gestern. Ich habe seit fast einem Vierteljahrhundert nichts mehr von ihm gehört.«

»Immerhin ist er damals auf dich losgegangen.«

Achselzuckend schob sie die Brille zurück auf die Nase. »Das hat man mir erzählt. Ich meine, ja, natürlich – aber Ray beharrte darauf, dass es Lucy war, obwohl mir das unwahrscheinlich vorkommt.« Abwesend tastete sie nach der Narbe an ihrem Hals. »Leider kann ich mich nicht erinnern. Der ganze Abend liegt in einem undurchdringlichen Nebel.« Dieselben Worte hatte sie der Polizei gegenüber geäußert, als sie im Krankenhaus zu sich gekommen war. Vielleicht lag es daran, dass sie betrunken und halb bewusstlos gewesen war, vielleicht hatte sie ein Trauma erlitten, das ihre Erinnerungen blockierte, aber Tina Champagne hatte von Anfang an behauptet, sie erinnere sich an nichts.

»Ihr habt gestritten, du und Ray.«

Sie lachte auf. »Wir haben ständig gestritten.« Lächelnd fügte sie hinzu: »Ich habe mit all meinen Ehemännern gestritten.«

»Ray war nicht dein Ehemann.«

»Nein, nach Hamilton hatte ich meine Lektion gelernt. Ehemänner sind ja meistens ganz nett, sie können lustig sein und aufmerksam, und ... nun ja, es ist schön, mit ihnen ins Bett zu gehen, aber als Ex-Männer? Da sind sie dann wütend und launisch – und teuer.« Sie seufzte. »Die meisten sind schrecklich gierig. Aber immer noch gut im Bett. Eine Scheidung macht sie eher noch etwas reizvoller, verstehst du?«

Ja, das tat er. War ihm seine eigene Frau nicht ebenfalls noch attraktiver erschienen, als sie nicht mehr mit ihm verheiratet war?, fragte er sich jetzt, während er Tina musterte. Seine Ex-Schwiegermutter, die mit achtzehn aus Missouri fortgegangen war, um in Hollywood zu Ruhm und Vermögen zu gelangen. Was ihr gelungen war. Sie hatte als Kellnerin begonnen, als Figurendarstellerin in Disneyland gejobbt und schließlich eine Rolle in einem TV-Werbespot ergattert. Anschließend hatte sie in einer Seifenoper mitgewirkt, um irgendwann einen großen Kinodurchbruch zu landen. Sie hatte diverse Ehemänner aufgegabelt und drei Kinder bekommen, die sie nach Hollywood-Legenden benannte: Clark Gable, Marilyn Monroe und Lucille Ball.

»Worum ging es bei dem Streit mit Ray?«, fragte Ian.

»Ich wollte ihn verlassen«, antwortete Tina. »Und er wollte nicht gehen. Daran erinnere ich mich noch. Er konnte einfach nicht glauben, dass es vorbei war.«

»Aber das war es.«

»Was mich anging, ja.« Tina hob das Kinn und rückte ihre Sonnenbrille zurecht. Ian fiel auf, dass ihre Hand leicht zitterte. »Er ... er und ich ... wir hatten eine unterschiedliche Definition von Beziehung.«

»Was genau meinst du damit?«, wollte er wissen.

»Er hielt unsere Beziehung nicht für exklusiv.«

»Aber du schon?«

Ein nervöser Tic machte sich an ihrer Schläfe bemerkbar. »Ja. Und es gefiel mir nicht, wie er ...« Sie räusperte sich. »Ich vermutete, dass er ein delikates Verhältnis hatte. Mit meiner Tochter.«

»Mit deiner Tochter?«, wiederholte Ian perplex.

»Natürlich nicht mit Lucille, sie war ja noch ein Kind. Allerdings konnte er Augen und Hände nicht von Marilyn lassen.« Tinas Stimme klang bitter, als würde dieser Betrug sie noch immer schmerzen, als ginge es dabei weniger um Marilyns Unschuld und Jugend als vielmehr um ihren eigenen angeschlagenen Stolz. »Das ging mir dann doch zu weit. Hätte Marilyns Vater davon erfahren – er hätte Ray umgebracht.« Sie presste angespannt die Lippen zusammen.

Marilyn Armstrongs Vater Sean war einst Stuntman mit einem Faible für Jack Daniel's gewesen. Sein explosives Temperament hatte dafür gesorgt, dass er mehr als einmal vom Set geflogen war.

»Aber er hat nichts davon erfahren?«

»Nicht dass ich wüsste. Sean und ich reden nicht miteinander. Nur über unsere Anwälte. Wie ich schon sagte: Ex-Männer sind gierig. Sean war besonders teuer. Wahnsinnig attraktiv, und das wusste er. Wollte sich zum Hauptdarsteller hocharbeiten, aber das ist ihm nie gelungen. Er war neidisch auf meinen Erfolg. Wie dem auch sei: Ich glaube nicht, dass er davon wusste.« Sie betrachtete ihre perfekt manikürten Fingernägel. »Marilyn hat wie verrückt mit Ray geflirtet. Noch schlimmer aber war, dass er jedes junge Ding angemacht hat, nicht nur meine Tochter.«

»Glaubst du wirklich, die beiden hatten was miteinander?«

»Ich denke schon. Die Details kenne ich nicht. Ich möchte sie auch gar nicht kennen.«

Ian glaubte ihr nicht, doch das ließ er sich nicht anmerken. »Lucy hat Angst vor Ray«, sagte er stattdessen.

»Das weiß ich und verstehe es, aber wie gesagt: Es ist Jahre her.« Tina schob die Sonnenbrille in ihre roten Haare.

»Trotzdem hat sie immer noch Albträume von jener Nacht.«

»Auch das weiß ich. Sie ist von einem Psychologen zum anderen gerannt, hat Beratungsstellen und Psychiater konsultiert, aber nichts hat geholfen.« Tina blickte in die Ferne. Für eine Sekunde wurden ihre Augen dunkel vor Traurigkeit, doch dann reckte sie beinahe herausfordernd das Kinn. »Ich habe für sie getan, was ich konnte, aber die Einzige, die Lucy helfen kann, ist Lucy selbst. Sie handelt völlig irrational. Natürlich weiß ich, dass sie traumatisiert ist, aber mein Gott, wir sind nicht mehr die Menschen, die wir damals waren. Keiner von uns.« Tina runzelte die Stirn. Ian bemerkte ein paar Fältchen auf ihrer ansonsten makellosen Haut, gegen die die teuren Behandlungen wohl nichts hatten ausrichten können. »Warum sollte Ray ihr jetzt etwas antun?«

»Weil er endlich aus dem Gefängnis entlassen wurde und weil er genau das geschworen hatte.«

»Sie ist die Einzige, die das behauptet. Angeblich hat sie ihm im Gerichtssaal die Drohung von den Lippen abgelesen. Wenn du mich fragst: Ich halte das für blanken Unsinn. Das entspringt doch wieder einmal ihrer überbordenden Fantasie!« Sie griff nach ihrer Kaffeetasse und nahm einen Schluck, bevor sie angewidert das Gesicht verzog. »Kalt.« Seufzend fügte sie hinzu: »Wie dem auch sei: Ray hat Ewigkeiten hinter Gittern verbracht. Ich nehme doch an, dass er seine Freiheit zu schätzen weiß und die Vergangenheit ruhen lässt.«

»Manche Menschen leben von ihrem Durst nach Rache.«

Tinas sorgfältig gezupfte Augenbrauen schossen über den Rand ihrer Sonnenbrille hinaus. »Soweit ich weiß, hat er zu Gott gefunden. Warum sollte sich ein Mensch, der mit seinem Schöpfer im Reinen ist, auf einen Rachefeldzug begeben?«

»Vielleicht weil er zu den ›Auge um Auge, Zahn um Zahn‹-Verfechtern gehört?«

»Und vielleicht, nur vielleicht, hat Lucy das Ganze bloß aufgebauscht. Es wäre schließlich nicht das erste Mal, oder?«

SALZBURG, ÖSTERREICH

Damals

»Beeil dich, Lucille!«, drängte Schwester Anna. Der Rock ihres Habits rauschte, der Rosenkranz schwang hin und her. Mit klackernden Schuhen stieg sie die Wendeltreppe zu den Räumlichkeiten der Direktorin hinauf. Durch die Buntglasfenster fiel farbiges Licht auf die Steinstufen. »Man sollte Schwester Maria nicht warten lassen.«

Lucy hatte Mühe, mit ihr mitzuhalten. Sie wusste, dass sie nicht rennen durfte, aber Schwester Anna machte große Schritte. Man hatte sie vom Spielplatz geholt, wo sie mit den anderen Mädchen Fangen gespielt hatte. Sie hatten einander über den gepflegten Rasen gejagt, der das an eine Burg erinnernde Gebäude umgab, in dem das Internat mit der christlichen Mädchenschule St. Cäcilie untergebracht war.

Die Decken im zweiten Stock waren gewölbt und düster. Schwester Marias Büro lag am Ende eines langen Korridors.

Sie saß an ihrem wuchtigen Schreibtisch, eine korpulente Frau Ende fünfzig. Eine weiße Haube umrahmte ein Gesicht mit Apfelwangen und ausgeprägtem Kinn. Auf ihrer schmalen Nase saß eine Drahtgestellbrille, die intelligenten, dunklen Augen dahinter blickten durchdringend auf Lucy. Das Kruzifix, das sie um den Hals trug, war groß und blinkte im Schein der Deckenlampe. Im Kamin brannte ein kleines Feuer.

»Setz dich, Lucille«, wies sie Lucy streng an. Dann nickte sie Schwester Anna zu, die daraufhin den Raum verließ und die Tür mit einem leisen Klacken hinter sich zuzog.

Lucy nahm auf einem der hohen Stühle mit den geraden Rückenlehnen vor dem Schreibtisch Platz und fragte sich, welche Sünde sie in Gottes Namen begangen haben mochte. Sie war noch nie zuvor ins Büro der Direktorin bestellt worden und war sich sicher, dass sie großen Ärger bekommen würde. Vielleicht hatte man sie während der Mathearbeit beim Schummeln erwischt, oder die Chorleiterin hatte sich darüber beschwert, dass Lucy während der Proben Grimassen schnitt.

Schwester Maria seufzte und blickte sie nun weitaus freundlicher an, als Lucy erwartet hatte.

»Wie geht es dir?«, fragte sie nach einer Weile. Erstaunt stellte Lucy fest, dass sie aufrichtig interessiert wirkte.

»Gut.«

»Du fügst dich hier prima ein, kommst gut mit den anderen Mädchen zurecht.«

War das eine *Fangfrage?* Lucy war erst seit sechs Monaten hier, daher wusste sie nicht recht, was sie erwidern sollte. »Ja«, sagte sie und stellte fest, dass sie mit dem Fuß wippte. Sie hielt in der Bewegung inne, setzte sich gerade hin und hoffte, dass ihre Schuluniform nicht mit der Bratensoße vom Mittagessen bekleckert war.

»Hast du Probleme?«

»Nö ... ich meine, nein, Schwester.« Lucy schaute zum Fenster. Hinter der Scheibe waren die Alpen zu sehen, schneebedeckte Gipfel ragten in den blauen Himmel. Sie schluckte und wandte sich wieder Schwester Maria zu.

Die Direktorin nickte nachdenklich, dann stand sie auf und trat an den gewaltigen Bücherschrank, der die ganze Wand hinter ihr einnahm. Jedes Regal war vollgestellt mit dicken, meist ledergebundenen Wälzern. Sie schien jeden einzelnen Titel zu studieren, doch Lucy hatte den Eindruck, sie würde in Wahrheit über etwas Bedeutsames nachdenken.

Ich muss mich wohl auf etwas gefasst machen, dachte Lucy. Ihr fiel ein, dass Mama einmal behauptet hatte, die lautlosen Schlangen, die, die weder klapperten noch zischten, seien die tödlichsten. Ihre Kehle wurde eng, und sie fing an zu schwitzen. Ihre Finger umschlossen die Armlehnen des Stuhls so fest, dass die Knöchel weiß hervortraten, und erneut fingen ihre Beine an, wie verrückt auf und ab zu wippen. Wieder zwang sie sich zur Ruhe.

Die Direktorin kehrte zu ihrem Stuhl zurück, öffnete die Schreibtischschublade, und als werfe sie Würfel, rollte sie zwei bunte Objekte über die Platte.

Lucy blieb das Herz stehen. Sie starrte auf die Köpfe von Barbie und Ken, die direkt vor ihr liegen blieben. Barbies Glitzerhaare waren zerzaust, Kens Blick starr zur Decke gerichtet. Lucy meinte, sich übergeben zu müssen.

»Die gehören dir.«

Keine Frage. Auch keine Fangfrage. Eine Feststellung.

»Wir haben sie bei deinen Sachen gefunden.«

Würde sie mit einer Lüge durchkommen? Sie konnte bestreiten, dass die enthaupteten Puppen ihr gehörten. Warum hatte sie sie auch nach Salzburg mitgenommen? *Weil du nicht wolltest, dass Tante Beth sie findet und du Mama dann noch länger nicht sehen darfst.* Sie klappte den Mund auf, doch als sie in die durchdringenden Augen der Nonne blickte, machte sie ihn wieder zu und wippte mit den Beinen.

»Das ist verstörend, Lucille«, sagte Schwester Maria mit überraschend sanfter Stimme. »Aber ... du hast viel durchgemacht. Ich habe gebetet und mit deiner Schwester gesprochen ...«

Lucys Kopf fuhr in die Höhe. Tränen schossen ihr in die Augen. Marilyn würde sie für den Rest ihres Lebens gnadenlos verspotten, wenn sie wüsste, dass ... Doch anscheinend wusste sie es bereits. Vielleicht war sie es gewesen, die die Puppen in ihrem Kulturbeutel entdeckt hatte.

»Ich möchte, dass du mit Schwester Rosa sprichst«, sagte die Direktorin jetzt. »Sie ist Doktorin.«

Doktorin? Sie war doch gar nicht krank!

»Schulpsychologin. Jemand, dem du dich anvertrauen kannst.« Schwester Maria lächelte schmal. »Ich glaube, es würde dir guttun, etwas Zeit mit ihr zu verbringen.«

Lucy starrte auf die Puppenköpfe. Am liebsten hätte sie sie einfach genommen und sich damit aus dem Staub gemacht. Plötzlich musste sie an zu Hause denken, an das weiß verputzte Gebäude inmitten von Palmen, und sie verspürte ein vertrautes Stechen im Herzen. Sie drängte die aufkommenden Tränen zurück. Nun, dann würde sie sich eben mit Schwester Rosa treffen. Viel schlimmer konnte es ohnehin kaum noch werden.

CASCADE MOUNTAINS

Jetzt

»Ich friere«, beschwerte sich Renee, als sich die frühabendliche Dunkelheit über das alte Blockhaus herabsenkte.

Sie saß im Schneidersitz auf den Decken vor dem Feuer, dessen Flammen goldene Schatten auf ihr Gesicht warfen.

Lucy, die auf einer der beiden Herdplatten in der Küche Suppe warm gemacht hatte, nickte. »Ich auch.«

Draußen war es bitterkalt. Es schneite ohne Unterlass, und das Brennholz war fast verbraucht. Die alte Heizung rumpelte, und seit Kurzem roch sie verbrannt. Obwohl sie auf Hochtouren lief, gelang es ihr nicht, die Raumtemperatur auf über achtzehn Grad Celsius anzuheben. Renee und Lucy blieben stets im ältesten Teil des Blockhauses, hauptsächlich im Wohnzimmer vor dem Kamin. Die Türen zu den Seitenflügeln hatte Lucy abgeschlossen und mit Möbeln verbarrikadiert. Das hier war ihre Festung, hier konnte so leicht niemand eindringen.

Weißt du eigentlich, wie paranoid das klingt?

»Mir ist auch langweilig«, verkündete Renee, als Lucy einen Teller auf den zerschrammten, niedrigen Tisch stellte, den sie als Esstisch, Spieltisch und Hocker gleichzeitig benutzten. »Bitte sehr.« Sie setzte sich auf den Boden und lehnte sich mit dem Rücken gegen die Couch. »Du bist bloß sauer, weil du beim Schiffe versenken verloren hast.« Sie hatte mehrere Reisespiele und Karten mitgebracht.

»Ich hasse dieses Spiel.« Renee warf ihrer Mutter einen genervten Blick zu. Der Nachmittag war schön gewesen.

Sie hatten draußen Schneeengel gemacht und eine Schneeburg gebaut. Doch bei dem Blizzard, der momentan tobte, war die Burg gewiss im Nu unter einer Schicht aus frischem Pulverschnee begraben. Sie hatten außerdem die Eiszapfen an den Traufen gezählt und die Räume in einem der beiden angebauten Flügel erkundet. Der zweite Flügel war eher ein Lager, in dem ein kunterbuntes Durcheinander aus alten Ski, Snowboards, Wander- und Jagdausrüstung herrschte. In einem der Schränke hatte sie ein Jagdgewehr mit Zielfernrohr und Bajonett entdeckt, außerdem Munition. Lucy hatte die Munition in der Küchenschublade verstaut und das Jagdgewehr auf den Kaminsims gelegt.

Sie war bereit. Sollte er nur kommen.

Bitte, lieber Gott, mach, dass er das nicht tut.

»Wann fahren wir endlich wieder nach Hause?«, fragte Renee und aß ihre Suppe.

»Bald.«

»Das hast du gestern schon gesagt.«

»Ja, aber wir bleiben wirklich nicht mehr lange.«

»Ich will Daddy anrufen.«

SAN FRANCISCO, KALIFORNIEN

Jetzt

Ian warf seine Jacke über die Rückenlehne des Schreibtischstuhls im Schlafzimmer und streckte sich. Er wusste nicht, was er sich von seinem Besuch bei Tina Champagne versprochen hatte – auf alle Fälle aber mehr als das, was dabei herausgekommen war. Er spürte, dass Lucys Familienmitglieder – Tina, Marilyn und Clark – mehr wussten, als sie zugaben. Aber das war ja nicht anders zu erwarten gewesen. Sie hatten ihn nie gemocht. Und Tina hatte ihn sogar auf ihre verquere Art vor ihrer eigenen Tochter gewarnt.

»Sie ist kein normales Mädchen«, hatte sie ihm am Telefon mitgeteilt, nachdem Lucy und er heimlich geheiratet hatten. Renee war unterwegs gewesen, es gab kein Zurück. »Sie hat viel durchgemacht. Ist traumatisiert.«

»Wir werden schon klarkommen«, hatte er seiner frischgebackenen Schwiegermutter versichert.

Lucys ältere Geschwister hatten genauso auf die überstürzte Hochzeit reagiert wie Tina. Skeptisch? Auf jeden Fall. Missgünstig? Vielleicht. Misstrauisch auf alle Fälle.

Sie hatten sich mit Marilyn zum Mittagessen in Newport Beach getroffen, draußen, in einem Café mit großen Sonnenschirmen. Marilyn hatte bereits Platz genommen, nippte an einem Glas Sekt mit Orangensaft und blickte Ian neugierig an. »Dann gehörst du jetzt also zur Familie«, stellte sie mit hochgezogenen Brauen fest und fügte hinzu: »Ihr habt euch bei einem Seminar kennengelernt?«

»Er hat einen Vortrag an meinem College gehalten. Über Strafrecht«, sagte Lucy.

»Hm. Strafrecht. Willst du nicht Lehrerin werden?«

»Ja, das habe ich vor. Das weißt du doch.«

»Und ich weiß auch, dass du dich für Verbrechen interessierst. Das ist echt schräg, Lucy.« Marilyn hatte leise gesprochen, und als Lucy nicht auf den Köder anbiss, stichelte sie weiter: »Dann war es also Liebe auf den ersten Blick bei euch beiden? Und zack, bum, wirst du schwanger und heiratest? Ich hoffe, du weißt, was du tust.« Sie sprach an Lucy gewandt, aber er spürte, dass ihre Worte an ihn gerichtet waren.

Clark war zu jener Zeit in Übersee stationiert gewesen. Ian hatte ihn erst nach Renees Geburt kennengelernt. Sein nachträglicher Glückwunsch zu ihrer Hochzeit fiel eher verhalten aus, und er interessierte sich nicht für das Baby.

Ja, es war eine seltsame Ehe gewesen, dennoch fiel es ihm schwer zu glauben, dass sie vorbei war. Und jetzt ...

Jetzt klingelte sein Handy auf dem Nachttisch. Eine unbekannte Nummer.

Er meldete sich. »Hallo?«

»Hi, Daddy!«

Renee! Ihm wurden die Knie weich, als er die Stimme seiner Tochter hörte. Erleichtert sackte er auf die Bettkante. »He, Kleines. Wie geht es dir? Wo bist du?«

»In den Bergen!«

»In welchen Bergen?«

»Keine Ahnung, aber es war eine ziemlich lange Fahrt. Und sooo langweilig!«

»Ach Süße, ich vermisse dich.«

»Ich dich auch, Daddy. Wir haben Schneeengel gemacht und eine Schneeburg gebaut. Und Merlin ist durch den Wald getobt.« Ihre Stimme überschlug sich vor lauter

Eifer, ihm alles zu erzählen. Dann fügte sie hinzu: »Aber das Haus hier ist schrecklich.«

»Schrecklich? Inwiefern?«

»Es ist unheimlich, gespenstisch. Wie ein ... wie ein Spukhaus.«

»Das klingt gar nicht gut.« Wo zum Teufel steckten die beiden?

»Mommy verbarrikadiert die Türen. Als hätte sie Angst.«

Mein Gott.

»Daddy, ich will nach Hause.«

Er spürte, wie sein Herz einen Riss bekam. »Und ich möchte, dass du nach Hause kommst. Wann wollt ihr denn zurückfahren?«

»Das weiß ich nicht ... Mommy?« Es raschelte, als würde Renee ihr Handy weiter weg halten, dann hörte er sie gedämpft sagen: »Mommy, Daddy will wissen, wann wir nach Hause fahren.«

Schweigen. Dann: »Ich bin mir nicht sicher.« Lucys Stimme klang ebenfalls gedämpft – und aufgewühlt. Er meinte, Verärgerung herauszuhören, aber auch Angst. Und Sehnsucht. Mein Gott, wie er sie geliebt hatte! Aber das war einmal. Dass er noch Gefühle für sie hegte, ging ihm gegen den Strich.

»Wir fahren bald zurück«, hörte er sie jetzt sagen.

Eine Lüge, dachte er. Sie hatte keinen Plan.

»Liebes«, sagte er ins Telefon, um die Aufmerksamkeit seiner Tochter zurückzugewinnen. »Renee?«

»Ja?«

»Kannst du mir Mommy mal geben, nur für eine Sekunde?«

»Okay.« Er hörte, wie sie mit abgewandtem Kopf sagte: »Daddy will mit dir sprechen.«

Und ob er das wollte! Am liebsten hätte er geschrien und getobt, aber er durfte auf keinen Fall riskieren, dass Lucy auflegte, also riss er sich zusammen.

»He«, sagte seine Ex-Frau, und das leichte Zittern in ihrer Stimme führte dazu, dass sein Zorn auf sie schmolz.

»Wo seid ihr?«

Eine Pause. Die sich lange dehnte. Zu lange.

»Lucy?«, hakte er nach. Als sie nicht sofort antwortete, drängte er: »Ich will es wissen. Ich bin Renees Vater.« Er schluckte den Rest hinunter. Er musste ihr nicht drohen, sie wusste auch so, dass es ihm möglich wäre, die Polizei einzuschalten, wenn sie seine Rechte als Vater beschnitt.

»In Oregon«, sagte sie schließlich. »In den Bergen.«

»Wo genau?« In Oregon gab es haufenweise Bergketten.

»In ... der Hütte einer Freundin.«

»Welcher Freundin?«

»Du kennst sie nicht. Jemand von der Arbeit.«

Er krallte die freie Hand in die Bettdecke. »Lucy«, sagte er dann so ruhig wie möglich. »Wo bist du?«

Wieder schwieg sie für einige Sekunden. Gerade, als Ian sauer werden wollte, stieß sie hervor: »Ich ... ich darf es dir nicht sagen. Du weißt, warum.«

»Wegen Ray Watkins.«

»Ja.«

»Und du glaubst, ich würde ihm erzählen, wo du untergetaucht bist ... Oder denkst du, er hört dich ab? Du kannst dich nicht für immer vor ihm verstecken, Lucy!«

»Aber er bedroht mich!«

»Wärst du dann nicht sicherer bei mir? Hier?«

Sie antwortete nicht.

»Wo andere Menschen um dich herum sind?«

Er hörte, wie sie seufzte. Fühlte ihre Unentschlossenheit.

»Weiß irgendjemand, wo du bist?«, hakte er nach.

Sie zögerte einen winzigen Augenblick zu lange. »Nein.«

»Du hast es jemandem erzählt.«

»Das musste ich«, räumte sie ein. »Für den Fall, dass etwas passiert.«

»Wem?«

»Meiner Tante.«

»Beth«, sagte er.

»Ja. Weil ich Renee bei mir habe. Irgendwer musste ja Bescheid wissen.«

»Und da hast du nicht zuerst an mich gedacht? Schließlich bin ich Renees Vater.«

»Doch. Natürlich.«

»Aber?«, bohrte er nach, unfähig, seinen Unmut noch länger zu unterdrücken.

»Aber dann wärst du sofort zu uns gekommen.«

»Da kannst du dir sicher sein.«

»Und hättest Renee mitgenommen.«

»Das weißt du doch gar nicht.« Ian ließ die Bettdecke los und bemühte sich um eine ruhige Stimme. »Dich allein in den Bergen zu verkriechen – was hast du dir bloß dabei gedacht?«

Lucy seufzte. »Ich habe einfach Panik bekommen.«

»Das kann man wohl sagen.« Er versuchte, sich seine Besorgnis nicht anmerken zu lassen. »Ich komme zu euch.«

»Nein!«

»Lucy ...«

»Nein, Ian. Hör mir zu. Wir kommen in ein paar Tagen zurück, das verspreche ich. Wenn ich weiß, was ich tun soll. Wenn ich mit der Situation umgehen kann. Ich brauche noch etwas Zeit für mich. Ich weiß, ich hatte jahrelang Zeit, mir etwas zu überlegen, aber seine Entlassung kam mir stets so weit weg vor, und dann ... dann ist es plötzlich passiert. Vorzeitig entlassen, das muss man sich mal vorstellen!«

Ian schwieg.

»Hat er dich kontaktiert?«, fragte sie plötzlich.

»Nein. Warum sollte er?«

»Keine Ahnung. Das war nur so ein Gedanke. Ich habe keinen blassen Schimmer, was er jetzt vorhat.«

»Lucy, das muss aufhören.«

Ohne auf seine Worte einzugehen, fragte sie weiter: »Was ist mit Mama oder meinen Geschwistern? Tante Beth? Weißt du, ob er mit ihnen gesprochen hat?«

»Nicht dass ich wüsste.«

»Aber du überwachst ihn.« Eine Feststellung, keine Frage. Als er nicht sofort antwortete, fügte sie hinzu: »Die Frau, mit der du zusammenarbeitest, Jun Zhou, ist ein Geheimdienstgenie, oder? Ich erinnere mich, dass du mir das mal erzählt hast. Angeblich kann sie sich in jedes Computersystem einhacken. ›Nichts ist vor ihr sicher‹, genau das hast du gesagt. Weiß sie, wo er ist?«

»Okay, du hast recht, wir haben ihn überprüft. Soweit ich weiß, befindet sich Ray Watkins momentan im Haus seiner Schwester in Fresno und leitet im Gefängnis eine religiöse Gruppe für Sträflinge.«

»Und das glaubst du?«

Tat er das? Ian stand vom Bett auf und trat ans Fenster. Er blickte durch die regennasse Scheibe auf die Straßenlaterne zwei Stockwerke unter ihm. »Allem Anschein nach stimmt es.«

»Lass dich bloß nicht hinters Licht führen, Ian. Was immer Ray vorhat – es kann nichts Gutes sein.«

»Und woher willst du das wissen?«

»Weil er Ray Watkins ist. Der kann gar nicht anders. Ich muss jetzt auflegen. Der Akku lässt nach. Renee, verabschiedest du dich bitte von Daddy?«

Einen Augenblick später hörte er die Stimme seiner Tochter. »Mommy möchte, dass ich dir Tschüss sage. Es ist mir übrigens gerade eingefallen: Ich habe auf der Hinfahrt den Mountain Hoodie gesehen, stimmt's, Mommy?«

»Sag Daddy einfach Tschüss.« Lucy klang angespannt.

»Mommy will, dass ich auflege.«

»Das habe ich gehört«, sagte Ian.

»Ich will aber nicht. Daddy, kannst du mich bitte abholen?«

Ihre Worte fühlten sich an wie ein Schlag in die Magengrube. »Sicher, Liebes. Aber dazu muss ich wissen, wo ihr seid.«

»Gib mir das Telefon«, sagte Lucy, dann, lauter, als habe sie dem Kind das Handy aus der Hand gerissen: »Bis bald, Ian.«

Sie legte auf.

Sofort rief er sie zurück, ohne Erfolg. Er versuchte es erneut. Diesmal ging sein Anruf nicht durch. Lucy hatte ihr Handy ausgeschaltet.

CASCADE MOUNTAINS

Jetzt

»Ich hasse dich!«

Renees harsche Worte hallten durch das alte Blockhaus und schnitten tief in Lucys Seele. Sie wusste, dass Renee wütend war, doch das machte den Schmerz nicht geringer.

»Du bist bloß sauer.«

»Nein. Ich hasse dich *wirklich!*« Um ihren Standpunkt zu untermauern, hob Renee den kleinen Tisch an. Die UNO-Karten segelten zu Boden, Lucys halb leere Kaffeetasse zerschellte auf den groben Holzdielen.

»Schluss damit. Renee, hör auf!«

»Es ist so doof hier! Ich will zu Daddy!«

Ich auch. Der Gedanke überraschte Lucy. Ließ sie innehalten. Sie vermisste Ian. Nicht nur wegen Ray Watkins. Dass sie sich von ihm hatte scheiden lassen, kam ihr plötzlich überstürzt vor. Aber jetzt war nicht der richtige Zeitpunkt, frühere Entscheidungen infrage zu stellen.

Wenn sie diesen Albtraum hinter sich hatten ...

Wird der Albtraum denn jemals vorbei sein?

Ja, natürlich. Dafür würde sie sorgen. »Komm, Liebes, hilf mir, das Durcheinander zu beseitigen«, sagte sie. Mürrisch fing Renee an, die Karten aufzusammeln, während Lucy den Tisch aufstellte, die Scherben aufhob und die dunkelbraune Kaffeepfütze aufwischte.

Sie musste sich alle Mühe geben, nicht die Beherrschung zu verlieren. »Ich weiß, dass du Daddy vermisst, und ich verspreche dir, dass wir bald nach Hause fahren.«

Doch Renee zeigte ihrer Mutter die kalte Schulter und zog stattdessen Merlin in die Arme.

SAN FRANCISCO, KALIFORNIEN

Jetzt

Zhou trug eine Yogahose und hatte die Haare zu einem Pferdeschwanz zurückfrisiert, als Ian ihr Büro betrat. »Ich hoffe, es ist wichtig«, sagte sie, setzte sich und fuhr ihre drei Computer hoch. »Ich wollte gerade zum Spinning-Kurs.«

»Ich muss meine Fr... ich muss Lucy finden.«

»Hast du einen konkreten Anhaltspunkt, oder geht es um die berühmte Nadel im Heuhaufen?«, fragte sie.

Er reichte ihr sein Handy. »Von dieser Nummer aus hat sie mich angerufen. Wahrscheinlich so ein Prepaid-Ding.«

»Okay.« Zhou tippte die Nummer ein. »Und du hast wirklich nicht den blassesten Schimmer, wo sie sein könnte?«

»Nur, dass sie irgendwo ›in den Bergen‹ von Oregon ist.«

»Das engt die Suche natürlich ein«, erwiderte Zhou sarkastisch.

»Sie ist in einem Blockhaus.«

»Super.« Jun verdrehte die Augen. »Und wie soll mir das weiterhelfen?«

»Vermutlich in der Nähe von Mount Hood – ›Mountain Hoodie‹, hat Renee gesagt –, aber ich denke ...«

»Jaja. Alles klar.« Zhous Finger flogen über die Tastatur.

»Anscheinend gehört die Hütte einer Arbeitskollegin von Lucy.«

»Weißt du, wie diese Kollegin heißt?«

»Nein.«

Ihr Blick wanderte vom Monitor zu ihm. »Herrgott, Ian, auch Hacker können keine Wunder bewirken.«

»Mehr habe ich nicht. Ich fahre dahin.«

»Wohin?«

»Zu dem Ort, den du für mich findest«, sagte er. »Ruf mich an, sobald du etwas herausgefunden hast.«

»*Falls* ich etwas herausfinde.«

»Das wirst du«, versicherte Ian ihr mit einem schiefen Grinsen und verließ das Büro. Zwei Stufen auf einmal nehmend, eilte er die Treppen in die Tiefgarage hinunter. Minuten später fädelte er sich in den dichten Verkehr ein und kroch über die Bay Bridge, vor sich eine endlose Schlange aus roten Bremslichtern. Was ihn wertvolle Zeit kostete.

Seit er mit Lucy und Renee telefoniert hatte, breitete sich ein immer stärker werdendes Gefühl von Panik in ihm aus. Er verspürte das dringende Bedürfnis, bei ihnen zu sein.

Bleib ganz ruhig. Alles ist gut. Du hast vor weniger als einer Stunde mit ihnen gesprochen.

Doch der Druck auf seiner Brust wurde nur noch intensiver, und er stellte fest, dass er ständig hektisch die Spur wechselte und mit den Fingern aufs Lenkrad trommelte.

Du weißt doch noch nicht einmal, wo die beiden sind.

Nein, das stimmte nicht ganz. Oregon war zwar ein riesiger Staat, aber er wusste, dass er Richtung Norden fahren musste, und zwar so schnell wie möglich. »Nun fahr schon«, murmelte er, als der Wagen vor ihm erneut abbremste. Erst nach einer nervenzermürbenden Stunde konnte er das Gaspedal seines Tahoe durchtreten und die Bucht von San Francisco im Rückspiegel bewundern.

Knapp zwei Stunden später rief Zhou ihn an.

»Du hast sie aufgespürt«, sagte er statt einer Begrüßung.

»Vielleicht. Das wird sich erst noch herausstellen, aber ich habe zumindest einen Anhaltspunkt gefunden.« Sie berichtete ihm, dass sie den Mobilfunkmast lokalisieren konnte, der Lucys Anruf weitergeleitet hatte. Sie hatte sich außerdem ins Personalregister des Junior Colleges eingehackt, an dem Lucy arbeitete, und die Namen der Kolleginnen mit denen der Grundbesitzer in der näheren Umgebung des Sendemasts abgeglichen. »Ich schicke dir eine Karte von der Gegend. Das Blockhaus gehört einem Winston Jacoby. Seine Nichte Cynthia Jane Jacoby arbeitet am selben College wie Lucy. Mehr weiß ich nicht. Ich rufe dich an, sobald ich Details habe.«

»Danke, Jun. Ich bin dir was schuldig.«

»Ich setze es auf die Liste. Die immer länger wird.«

»Tu das, und wenn du schon dabei bist: Setz auch drauf, dass du Ray Watkins im Auge behältst.«

Zhou schnaubte. »Selbstverständlich, Ian.«

SALZBURG, ÖSTERREICH

Damals

»Wir müssen etwas besprechen«, sagte Schwester Maria und nahm an ihrem Schreibtisch Platz. Sie öffnete eine Schublade und zog einen dicken DIN-A4-Umschlag hervor.

Wie oft hatte Lucy auf ebendiesem Stuhl gesessen, wie oft hatte sie eine Lektion der Direktorin über sich ergehen lassen müssen, immer begleitet von den mahnenden Worten, ihren Glauben zu finden. Etwa zwanzig Mal, denn mittlerweile war sie achtzehn, und zweimal im Jahr war sie mindestens einbestellt worden.

Die jahrhundertealten Gemäuer mit der Schule und der Kapelle, Salzburg mit seinem Dom – all das war zu ihrem Zuhause geworden, während sie in Tina Champagnes Haus in Kalifornien die Ferien verbrachte. Und jetzt würde sie das Internat verlassen. Seltsam, dachte sie. Als Kind hatte sie es schrecklich gefunden, aus den Vereinigten Staaten fortgehen zu müssen, und nun empfand sie ähnlich bei der Vorstellung, dorthin zurückzukehren.

»Da du deinen Schulabschluss gemacht hast und volljährig bist, halten Schwester Rosa und ich die Zeit für gekommen.«

»Gekommen wofür?«, fragte Lucy. Sie hatte einen langen Weg zurückgelegt von der schüchternen, verängstigten Achtjährigen, die vor gut zehn Jahren vor dem wuchtigen Schreibtisch der Direktorin gesessen hatte. Oder von dem Mädchen, das bockig an den Sitzungen mit Schwester Rosa teilgenommen und Desinteresse geheuchelt hatte, dabei war sie ausgesprochen neugierig gewesen, was die Schulpsychologin über sie dachte. Schwester Rosa war Anfang zwanzig gewesen, als sie anfing, mit Lucy zu arbeiten, nicht viel älter als Clark damals, und mit den Jahren hatte Lucy begriffen, dass sie der Nonne mit den freundlichen dunklen Augen vertrauen konnte.

Als Lucy nun nach dem Umschlag griff, legte die Nonne ihre Hand darauf. »Du sollst wissen, dass ich viel gebetet habe, Lucille. Für dich. Als du hier angemeldet wurdest, habe ich die Notlage deiner Mutter erkannt, die ... Umstände, die dazu führten, dass sie dich und deine Schwester hergeschickt hat. Wir vereinbarten, dass dein Aufenthalt nicht nur deiner Erziehung, sondern auch deinem Schutz dienen sollte.«

Wohin würde das Gespräch führen? Lucy beäugte misstrauisch den Umschlag.

»Wir haben unseren Teil der Abmachung erfüllt, und genau aus dem Grund haben wir dir etwas vorenthalten.« Die Direktorin gab den Umschlag frei. »Schwester Rosa und ich haben wieder und wieder darüber diskutiert, und da sie rein rechtmäßig dir gehören, werden wir sie dir nun aushändigen.«

Lucy nahm den Umschlag und öffnete ihn mit klopfendem Herzen. Die Köpfe von Barbie und Ken fielen heraus. Darunter kam ein Bündel weißer Briefumschläge zum Vorschein. Mit zitternden Händen zog sie sie hervor.

»Was sind das für Briefe?«, fragte sie verständnislos. Sie hatte doch im Internat jede Woche Post bekommen.

»Wir haben sie für dich aufbewahrt«, sagte Schwester Maria sanft. »Wir hatten die feste Absicht, sie dir irgendwann auszuhändigen. Es war nur eine Frage des passenden Zeitpunkts.« Sie legte ihre Hand auf Lucys Unterarm.

»Genau das war das Problem, Lucille – und ich fürchte, auch jetzt ist nicht der richtige Moment.«

Lucy warf einen Blick auf den obersten Umschlag. Ihr Name stand in Druckbuchstaben über der Adresse der Schule, mit Bleistift geschrieben. Ein Stempel erregte ihre Aufmerksamkeit: die Warnung, dass es sich um Gefängnispost handelte.

»Was hat das zu bedeuten?«, wisperte sie tonlos. Es mussten an die fünfzig Umschläge sein, vermutlich mehr.

»Schreiben aus dem Gefängnis, die wir dir lieber nicht zeigen wollten, zu deinem eigenen Schutz.«

Als Absender war Raymond Watkins' Name angegeben, dazu seine Block- und Zellennummer.

Lucys Herz gefror zu Eis.

»Wir können sie verbrennen, wenn du möchtest«, schlug Schwester Maria vor und deutete auf den Kamin in der Ecke.

»Nein.« Lucy schüttelte den Kopf und stand auf. Sie wollte jedes einzelne Wort lesen, das dieses Monster geschrieben hatte. Mindestens einmal.

CASCADE MOUNTAINS, OREGON

Jetzt

Draußen war es schon lange stockdunkel. Nach dem Streit war Renee in ihrem Schlafsack neben dem erlöschenden Feuer eingeschlafen, Merlin zu ihren Füßen. Lucy saß mit hochgezogenen Beinen auf der Couch und starrte in die glühenden Kohlen. Es war Stunden her, seit sie mit Ian gesprochen hatte. Nach dem Gespräch hatte sie das Prepaid-Handy abgeschaltet, damit er sie nicht zurückrufen konnte und sie nicht in Versuchung geriet, dranzugehen, sollte er es tatsächlich versuchen. Seine Stimme hatte sie in eine andere Zeit, an einen anderen Ort zurückversetzt – in die sorglosen Jahre, die sie am College in Colorado verbracht hatte, wo sie Ian Thompson bei einem Seminar kennengelernt hatte. Sie hatten kurz miteinander geredet und sich am nächsten Tag wiedergetroffen. Nun, der Rest war Geschichte, eine stürmische Romanze, gefolgt von einer ungeplanten Schwangerschaft, die zu einer überstürzten Hochzeit in Las Vegas geführt hatte. Und obwohl sie mittlerweile geschieden war, hatte ihr die Ehe eine wundervolle, wenngleich störrische Tochter beschert, die sie von ganzem Herzen liebte.

Trotzdem war sie nun hier, versteckte sich unbefugt im Blockhaus eines Fremden und fragte sich, ob sie tatsächlich paranoid war, was vermutlich manch einer behaupten würde.

Langsam ging es auf Mitternacht zu. Wieder einmal. Der Wind frischte auf, fuhr pfeifend ums Blockhaus und heulte im Geäst der umstehenden Bäume. Lucy bezweifelte, dass sie schlafen konnte. Die alten Balken knarzten, und für eine Sekunde meinte sie, Schritte im Schnee zu hören, doch das war unmöglich bei dem Sturm. Das bildete sie sich nur ein. Und dennoch ... »Komm, Merlin«, flüsterte sie und berührte den Alaskischen Malamute am Kopf. »Lass uns mal nachsehen.«

Sie nahm das Jagdgewehr mit dem Zielfernrohr und Bajonett vom Kaminsims, tappte lautlos in die Küche und lud es mit der Munition aus der Schublade. Dann ging sie zur Hintertür, schob die schwere Kommode zur Seite und sperrte auf. Das auf das Gewehr aufgesetzte Bajonett in einer Hand ausgestreckt vor sich, in der anderen eine Taschenlampe, stieß sie mit dem Fuß die Tür auf und ließ Merlin hinaus. Der Hund sprang von der Veranda in den Schnee und lief schnuppernd um die Ecke des Blockhauses. Während er nach Eichhörnchen, Hasen oder – Gott bewahre! – potenziellen Eindringlingen suchte, beäugte Lucy die Lichtung. Ihre Fußspuren waren bedeckt von einer vereisten Schicht Pulverschnee, die Schneewehen reichten fast bis zu den Fenstern im Erdgeschoss. Im Licht der Taschenlampe sah sie Merlins frische Pfotenabdrücke, außerdem tiefere Spuren, vermutlich von einem Reh. Keine anderen menschlichen Fußabdrücke.

Trotzdem hatte sie das Gefühl, nicht allein zu sein. Ihr Nacken kribbelte, als würde jemand oder etwas sie beobachten. Doch in den wirbelnden, im Schein der Taschenlampe glitzernden Schneeflocken waren keine Augen zu sehen, keine finstere Gestalt lauerte zwischen den Bäumen am Waldrand.

Deine Fantasie geht mit dir durch. Du bist allein hier mit deinem Kind und deinem Hund.

Die eisigen Böen brachten die Fensterläden zum Klappern. »Komm rein, Merlin!«, rief sie durch die offene Hintertür und war froh, als der Hund angesprungen kam und an ihr vorbei ins Warme stürmte. Sie legte Jagdgewehr und Taschenlampe auf die ramponierte Küchenanrichte, dann sperrte sie die Hintertür ab und schob die Kommode wieder davor. Lange konnte sie sich nicht mehr hier verstecken. Wenn Ray Watkins tatsächlich vorhatte, ihr etwas anzutun, würde sie ihm nicht entkommen. Sich hier im Blockhaus zu verkriechen, löste ihre Probleme nicht. Nein, sie würde abreisen. Würde ihre Sachen packen und aufbrechen, sobald es draußen hell wurde.

Und wohin willst du? Nach Hause? Was, wenn Ray dir dort auflauert? Wartet, bis du zurückkehrst? Mit Renee.

Ihr Mund wurde trocken, und sie kämpfte gegen die Panik an, die schon wieder in ihr aufsteigen wollte. Sie dachte an seinen letzten Brief. Eine Drohung. Versteckt hinter Zeichnungen und einem Bibelvers. *Ich habe dich vermisst.*

Den Bibelvers, den er diesmal zitierte, kannte sie nicht. Enthielt er – wie vermutlich so viele andere – eine geheime Botschaft? Sie hätte vor ihrer Abreise im Internet nachlesen sollen. Aber hatte sie nicht eine Bibel in dem Bücherregal im oberen Schlafzimmer gesehen? Sie vergewisserte sich, dass Renee schlief, und schlich nach oben, wo es dunkel war und kalt. Sie wollte das Licht nicht einschalten, denn im ersten Stock gab es keine Läden – die erhellten Fenster wären wie Signalfeuer in der Nacht gewesen.

Also knipste sie ihre Taschenlampe an, die sie von unten mitgenommen hatte, und ließ den Lichtstrahl über die Titel gleiten. Im untersten Regal fand sie, wonach sie suchte: eine Bibel. Sie war alt und abgegriffen. Rasch blätterte sie durch die Seiten, schlug die Römerbriefe auf und blieb bei folgender Passage hängen:

> Jedermann sei untertan der Obrigkeit, die Gewalt über ihn hat. [...] Denn sie ist Gottes Dienerin, dir zugut. Tust du aber Böses, so fürchte dich; denn sie trägt das Schwert nicht umsonst; sie ist Gottes Dienerin, eine Rächerin zur Strafe über den, der Böses tut.

Furcht, schwarz und kalt wie die Nacht, durchfuhr sie. Die Botschaft war klar. Ray Watkins hielt sich für einen Diener Gottes, der Obrigkeit untertan. Er war der Rächer, der Bestrafer. Aus Gewohnheit bekreuzigte sie sich, dann huschte sie schnell wieder nach unten.

Sie sah nach Renee, vergewisserte sich, dass alle Türen und Fenster gut verschlossen waren, und machte es sich wieder vor dem Feuer bequem. Renee, der Hund und sie waren hier in Sicherheit. Sie musste nur noch diese Nacht durchhalten, und morgen früh würde sie Ian anrufen. Sich mit ihm besprechen und ein neues Versteck suchen.

Vielleicht ist das ja gar nicht nötig. Vielleicht hat Ray Watkins diesen letzten Brief abgeschickt und lebt einfach sein Leben weiter.

Doch daran glaubte sie keine Sekunde.

Dann ruf Ian an. Am besten sofort.

Sie nahm das Prepaid-Handy, betrachtete es nachdenklich und steckte es zurück in ihre Jeanstasche. Sie war völlig außer sich gewesen, als sie ihn verlassen und die Scheidung eingereicht hatte, fest davon überzeugt, dass er sie betrog. Jetzt war sie sich da nicht mehr so sicher. Außerdem erschien es ihr in Anbetracht ihrer momentanen Situation eher nebensächlich, ob er eine Affäre hatte oder nicht.

Wem machst du etwas vor? Es ist reine Zeitverschwendung, mit einem Mann zusammen zu sein, der nicht treu sein kann ...

Lucy holte das Jagdgewehr aus der Küche und legte es neben sich auf die Couch. Anschließend kletterte sie in ihren Schlafsack und kuschelte sich neben Renee, doch sie konnte nicht einschlafen. Das Feuer zischte und fauchte. Seit Ray Watkins aus dem Gefängnis entlassen worden war, hatte sie keine Nacht mehr ruhig geschlafen.

Sie sah ihn vor sich, wie er als junger Mann gewesen war. Ein großkotziger Angeber. Er hatte es geliebt, sich an Tina Champagnes Seite zu präsentieren, hatte es genossen, sie zu Filmpremieren oder in schicke Restaurants zu begleiten. Doch er hatte schon immer eine ungehobelte, rohe Seite gehabt, die ihr als kleines Mädchen Angst machte. Es störte sie, wie er Mama behandelte, und es störte sie, wie Mama sich von ihm behandeln ließ. Sehr viel später hatte Lucy von Marilyn erfahren, dass er anderen Frauen nachstellte und Mama betrog – der wahre Grund dafür, dass Mama ihre Töchter ins Ausland geschickt hatte. Das alles hatte Marilyn ihr erklärt, bevor sie von dem Mädcheninternat in Salzburg auf ein College in Frankreich wechselte.

»Es ist vermutlich meine Schuld«, räumte Marilyn ein, als sie damals ihre Taschen in dem kleinen Mehrbettzimmer in St. Cäcilie packte. Sie trug ein gelbes Kleid, das Tante Beth ihr geschickt hatte – »hässlich, aber wenigstens keine Uniform«, wie Marilyn beim Öffnen des Pakets gesagt hatte.

»Deine Schuld?« Lucy saß auf dem Schreibtischstuhl, während die Sachen ihrer großen Schwester nach und nach in den beiden aufgeklappten Koffern verschwanden.

»Ja, meine Schuld.« Marilyn warf die Haare zurück. »Wo ist mein ver... Wo ist mein Kamm? Er hat doch gerade noch dort gelegen!« Sie durchwühlte die kleinen Stapel mit ihren Habseligkeiten, die sie auf dem Bett aufgeschichtet hatte.

»Wie meinst du das?«

»Oh, Ray stand auf mich.«

»Er stand auf dich?«, wiederholte Lucy ungläubig.

»Jetzt behaupte bloß nicht, du hättest das nicht bemerkt.« Sie schaute sie mit hochgezogenen Augenbrauen an. »*Körperlich*, wenn du verstehst, was ich meine.«

»Wie bitte?«

»Das hat Mama total angepisst. Ich war ja erst siebzehn.«

Als Lucy sie sprachlos anstarrte, fügte sie hinzu: »Du bist echt noch ein Baby. Wo zum Teufel ist dieser dämliche Kamm?« Sie fing an, die ordentlich zusammengelegten Blusen, Pullis und Hosen zu durchwühlen. »Hast du ihn genommen?«

»Nein.«

»Bist du sicher? Ich weiß doch, dass du eine kleine Kleptomanin bist. Ich denke da nur an meinen Rubinring.« Sie sah Lucy mit schmal gezogenen Augen an. »Hast du ihn genommen?«

»Den Kamm?«

»Meinen *Ring*. Ich suche ihn schon seit drei Tagen!«

»Mochtest du ihn?«

»Was? Wen? Ach, du meinst Ray?« Sie schüttelte den Kopf, packte die restlichen Sachen ein und hievte die Koffer vom Bett. Anschließend hob sie die dünne Matratze an. »Nein, es ging mir nur darum, Mama auf die Palme zu bringen, und das hat funktioniert. Oh – da ist er ja!« Sie angelte den Kamm unter der Matratze hervor. »Wie ist er denn dahin gekommen?« Wieder musterte sie Lucy prüfend. »Du hast ihn dort versteckt, gib's zu. Du bist so durchgeknallt! Ich weiß, was du mit deinen Barbiepuppen gemacht hast. Ich hab sie in deinem Kulturbeutel gefunden.«

Lucy zog es vor, nichts darauf zu erwidern. »Hast du es mit ihm gemacht?«, fragte sie stattdessen atemlos.

»Was gemacht? Ach, du meinst Sex?«

Lucy nickte.

Marilyn zögerte, dann schüttelte sie den Kopf, aber Lucy vermutete, dass sie log. Marilyn log ständig. In den zwei Jahren, die sie in St. Cäcilie verbracht hatte, war es den Nonnen nicht gelungen, einen anständigeren Menschen aus ihr zu machen – oder was immer sie für das viele Geld tun sollten, das Mama für ihren Aufenthalt in Salzburg bezahlte.

»Es macht dir Spaß, dich in Schwierigkeiten zu bringen«, sagte Lucy vorwurfsvoll.

Marilyn verdrehte die Augen. »Kann sein. Ich bin eben ein böses Mädchen, eine Rebellin.« Ihre Augen blitzten, als sie mit den Fingern Anführungszeichen in die Luft malte. Sie warf ihren Kamm in den Koffer und klappte die Deckel einen nach dem anderen zu. Kaum waren die Schließen eingerastet, erschien auch schon Tante Beth auf der Bildfläche. Mit ihr wehte der Duft nach Parfüm und Zigaretten ins Zimmer.

»Fertig?«, fragte sie Marilyn.

»Ja.« Marilyn hängte ihre Handtasche über die Schulter, dann warf sie Lucy einen mitleidigen Blick zu und trat hinaus in den Flur. Ihre Absätze klackerten auf dem Steinboden, das Quietschen der beiden Rollkoffer hallte von den Wänden wider.

»Ich muss jetzt los, Liebes«, sagte Tante Beth und zog Lucy an sich. »Es war so schön, dich zu sehen.« Tante

Beth hatte drei Tage in Salzburg verbracht, um an den Feierlichkeiten zu Marilyns Schulabschluss teilzunehmen. »Ich werde Marilyn helfen, sich in einem kleinen Apartment in Paris einzurichten. Kannst du dir das vorstellen? Welches neunzehnjährige Mädchen träumt nicht davon?«

»Ich will nach Hause«, erwiderte Lucy nur. »Ich will Mama sehen.«

»Und sie will dich sehen, Liebes. Aber sie ist immer noch nicht ganz gesund, deshalb wäre es keine gute Idee, dich mitzunehmen. Sie versucht, ihre Karriere wieder ins Rollen zu bringen, und ...« Beth verstummte, denn sie beide wussten, dass sie log. Mama schrieb Briefe. Mama rief an. Lucy flog in den Schulferien nach Hause. Aber aus irgendeinem Grund wollte Mama nicht, dass sie bei ihr lebte. Tante Beth wusste wahrscheinlich, warum, sie mochte es Lucy nur nicht sagen. Marilyn hatte ihr erzählt, dass es nicht um Mamas Verletzungen ging. »Das ist Unsinn«, hatte sie Lucy erklärt, als diese nach der Abendmesse darauf zu sprechen gekommen war. »Sie hat uns nicht hierhergeschickt, damit sie in Ruhe genesen oder ihre Karriere wieder ankurbeln kann, darum ging es ihr gar nicht.«

»Aber worum dann?«, hatte Lucy wissen wollen.

Marilyn strebte auf die breite Steintreppe zu. »Um mich zu bestrafen. Sie war eifersüchtig, du Dummkopf! Sie wollte nicht, dass ich ihr noch einmal in die Quere komme!«

Und damit war sie die Stufen hinaufgeflitzt, ohne sich noch einmal nach ihrer kleinen Schwester umzudrehen, die wie angewurzelt stehen blieb und ihr fassungslos hinterhersah.

»Schon gut«, flunkerte Lucy jetzt, ohne Tante Beth anzusehen. Sie wollte nicht, dass diese die Tränen bemerkte, die in ihren Augen brannten.

»Ach, Kleines.« Tante Beth drückte sie noch fester an sich. »Ich hab dich lieb.« Und dann ließ sie die Arme sinken, tupfte sich die Tränen ab und verließ das Zimmer, um Marilyn durch den langen Gang zu folgen. Ihre Schritte wurden kurz darauf vom Läuten der Kirchenglocken übertönt.

Lucy blieb allein zurück. Sie wandte sich zum Fenster und blickte auf die Außenanlagen und die lange Zufahrt, die vor dem Haupteingang in einen Kreis um einen Springbrunnen mündete. Als das Glockengeläut verstummt war, sah sie Tante Beth und Marilyn herauskommen und in einen wartenden Wagen steigen. Marilyn sah nicht einmal zu ihr hoch.

Der Wagen fuhr los. Als er außer Sichtweite war, zog Lucy den Schatz aus ihrer Tasche. Sie betrachtete den blutroten Stein, dann steckte sie sich den Ring an den Finger.

CENTRAL OREGON

Jetzt

Ian drückte das Gaspedal durch. Trotz der Schneewehen und vereisten Straßen.

Er war kontinuierlich auf der Interstate 5 in Richtung Norden gefahren, bis sein Navi ihn ins Landesinnere durch das bergige Central Oregon führte. Dicke Flocken fielen vom Himmel, dabei war er noch Stunden von seinem Ziel entfernt. Er hoffte nur, dass Lucy und Renee wirklich dort waren.

Du solltest die Polizei informieren. Aber was sollte er sagen? *Meine Ex-Frau ist verschwunden. Ja, ich weiß, dass sie unter Paranoia leidet, und ja, sie hat mich angerufen und mir versichert, dass es ihr gut geht, aber trotzdem. Ja, ich habe auch mit meiner Tochter telefoniert, und ich weiß, dass der entlassene Straftäter, Ray Watkins, den meine Ex-Frau so fürchtet, bei seiner Schwester in Fresno ist und im Augenblick vermutlich eine Gebetsstunde für seine ehemaligen Mithäftlinge abhält. Ja, ich weiß – es ist nicht das erste Mal, dass meine Frau verschwindet, und bislang ist sie stets unversehrt zurückgekehrt.* Er kratzte sich am Kopf und starrte nachdenklich auf die verschneite Straße vor ihm. *Sie ist deine Ex. Sie hat sich von dir scheiden lassen, schon vergessen? Weil sie dachte, du hättest eine Affäre. Das war auch deine Schuld, du Idiot, denn selbst wenn du nicht mit Jenna geschlafen hast, warst du sehr wohl in Versuchung. Wie nennt man das noch gleich? Emotionale Untreue.* Er blendete diese Gedanken aus. Sie führten ja doch zu nichts.

Am Stadtrand von Bend, etwa zwei Stunden vom Grundstück dieses Winston Jacoby entfernt, entdeckte er eine

Tankstelle mit Minimarkt, die rund um die Uhr geöffnet hatte. Die Tankleuchte am Armaturenbrett war schon vor einer Weile auf Rot gesprungen, also hielt er an, tankte und kaufte sich ein in Plastikfolie verpacktes Sandwich und eine Tasse Kaffee. Anschließend vertrat er sich auf dem schneebedeckten Parkplatz die Beine, streckte sich und setzte sich wieder ans Steuer.

Die Hände fest am Lenkrad, in Gedanken schon wieder bei seiner Frau – *Ex*-Frau –, drang er immer weiter in die Berge von Central Oregon vor. Je höher er kam, desto schmaler wurde die Straße. Schnee türmte sich rechts und links neben der Fahrbahn, die geräumt, aber schon wieder weiß war. Die Lichtkegel seiner Scheinwerfer spiegelten sich in den Eisplatten. Hinter ihm erschien ein weiteres Fahrzeug und blendete ihn im Rückspiegel. Ein Pick-up zog an ihm vorbei und wirbelte mit den Hinterreifen Matsch auf, der auf seiner Windschutzscheibe landete.

Sein Handy klingelte, das blinkende Display erhellte das Innere seines SUV. Zhous Name mitsamt Foto erschien. Warum rief sie frühmorgens um vier Uhr siebzehn an? Voller unguter Vorahnungen nahm er den Anruf entgegen. »Was gibt's?«

»Ich wollte dir nur Bescheid geben«, sagte Zhou. Ihre Stimme klang ernst. »Das Handy, das Ray Watkins nach seiner Entlassung gekauft hat, hat sich nicht bewegt. Es ist offenbar immer noch im Haus seiner Schwester.«

»Das ist doch gut, oder?«, fragte Ian vorsichtig.

»Ich bin mir nicht sicher. Die Männergruppe gestern Abend wurde abgesagt, das habe ich überprüft – Ray Watkins ist nämlich nicht aufgetaucht.«

»Hast du mit seiner Schwester gesprochen?«

»Nein«, räumte Jun ein. »Sie geht nicht ans Telefon. Ich habe Gonzales losgeschickt, damit er sich dort mal umschaut. Weil niemand die Tür öffnete, hat er durch die Fenster im Erdgeschoss gespäht, aber bis auf eine Katze niemanden gesehen.«

Ians Magen schnürte sich zusammen vor Furcht. »Sucht weiter.«

»Das machen wir. Ich habe seinen Bewährungshelfer kontaktiert, ich warte auf seinen Rückruf.«

Ian krampfte die Finger ums Lenkrad. Er dachte an Lucy. An Renee. »Wann wurde er das letzte Mal gesehen?«, fragte er.

»Das kann ich dir nicht genau sagen. Ich nehme an, vor ungefähr zwei Tagen.«

»Verdammt.«

»Ich habe herausgefunden, welches Fahrzeugmodell Watkins' Schwester fährt, die Nummernschilder kenne ich ebenfalls. Die Polizei interessiert sich allerdings nicht dafür, solange es keinen Hinweis auf eine Straftat gibt. Halte die Augen auf nach einem fünf Jahre alten Ford Explorer. Weiß. In Kalifornien zugelassen.« Sie ratterte die Buchstaben- und Zahlenfolge auf dem Nummernschild herunter, dann fügte sie an: »Vielleicht ist ja auch gar nichts dran an der Sache, und Bruder und Schwester machen nur gemeinsam einen Ausflug.«

»Und wenn nicht?«, stieß Ian hervor und schluckte gegen die Magensäure an, die einen bitteren Geschmack in seiner Kehle hinterließ.

»Dann könnte das Ärger bedeuten. Gewaltigen Ärger.«

CASCADE MOUNTAINS, OREGON

Jetzt

Was war wirklich passiert in jener Nacht? Lucy schloss in der Dunkelheit die Augen und versuchte, sich an den Angriff auf ihre Mutter zu erinnern. Doch wie immer lieferte ihr Gedächtnis ihr nichts als trübe, verzerrte Bilder. Sie hatte Ray mit der Schere die Wange aufgeschlitzt, das wusste sie noch. Und dann waren Marilyn und Clark in Mamas Schlafzimmer gestürmt und hatten versucht, Ray von Tina wegzureißen ... oder? Jemand – Mama? – hatte in die offene Nachttischschublade gegriffen und die Pistole herausgenommen. Als sie losging, hatte Lucy im Mündungsfeuer die Schere gesehen, die in Mamas Nacken stieß. Finger, die sich um den Griff schlossen. An einem der Finger steckte ein Ring mit einem dunkelroten Stein.

Marilyn.

Hatte sie die Schere in Mamas Hals gerammt? Das konnte nicht sein ... Ray hatte versucht, ihre Mutter zu erwürgen. Hatte Marilyn ihn treffen wollen und dabei versehentlich ...

Knack!

Ein lautes Geräusch zerriss die Stille. Die Bilder der nächtlichen Attacke auf Mama verblassten. Merlin sprang hoch und stellte die Ohren auf, den Blick zum Schlafzimmer gerichtet, auf das Fenster mit dem kaputten Fensterladen. Seine Nackenhaare sträubten sich. Ein tiefes Knurren drang aus seiner Kehle. Mit rasendem Herzen wand sich Lucy aus ihrem Schlafsack, rappelte sich auf und griff nach dem Jagdgewehr.

»Was ist los?«, fragte Renee. In ihren Augen stand Sorge.

»Wahrscheinlich nichts«, versuchte Lucy, ihre Tochter zu beruhigen.

»Und warum hältst du dann das Gewehr in der Hand?«

O Gott, sie jagte dem armen Kind Angst ein mit ihrer permanenten Furcht.

»Scht, Grace.« Sie griff nach der Waffe, schlich durch die offene Schlafzimmertür und stellte sich schräg ans Fenster, damit sie von außen niemand sehen konnte. Angestrengt spähte sie hinaus in die Dunkelheit. Das sanfte, goldene Licht des Kaminfeuers im Wohnzimmer spiegelte sich im Glas.

War tatsächlich jemand draußen auf der Lichtung? Doch wer sollte sich dort herumtreiben und vor allem: Warum?

Da ist niemand.

Lucy warf einen Blick auf Merlin, der nach wie vor mit gesträubtem Nackenfell dasaß und mit angespannten Muskeln zum Fenster starrte. Lautlos legte sie das Gewehr an und spähte durch das Zielfernrohr in die Nacht.

*

Die Scheibenwischer kamen kaum noch gegen den heftigen Schneefall an, als Ian von der Hauptstraße abbog, die über den Mount Hood führte. Die Straße, auf der er nun weiterfuhr, war nicht mehr als ein unbefestigter Schotterweg mitten durch die Wälder. Er entdeckte Reifenspuren im frischen Schnee, und ab und an fiel das Licht seiner Scheinwerfer auf eine Hütte inmitten der dicht stehenden Nadelbäume. Es war inzwischen früher Morgen, und alles war still und friedlich, der Wald wirkte wie ausgestorben. Lucy hätte kaum einen entlegeneren Ort wählen können.

Mit zusammengekniffenen Augen spähte Ian in die Dunkelheit und hätte fast die Lücke zwischen den Bäumen verpasst, wo eine zugeschneite Fahrspur steil bergauf führte. Er sah auch hier Reifenabdrücke, bedeckt mit Neuschnee, von einem Wagen, der vor nicht allzu langer Zeit hier entlanggefahren war.

Sein Handy klingelte erneut. Zhou. Er spürte, wie sein Herzschlag beschleunigte.

»Ja?«, fragte er.

»Ich habe mit Watkins' Bewährungshelfer telefoniert«, hörte er die Stimme seiner Partnerin über Lautsprecher. »Er war beim Haus der Schwester, und auch er hat dort niemanden angetroffen. Er hat sich von einem Schlüsseldienst die Tür öffnen lassen – und ist dabei auf Blutspuren gestoßen.«

»Blut?«

»Ja. Und zwar so viel, dass sich ganz sicher keiner an einem Blatt Papier geschnitten hat. Eine große Blutlache oben im Flur, mit Fußabdrücken darin. Die Katze ist wohl auch durchgelaufen.«

»Glaubst du, das Blut stammt von Watkins' Schwester?«

»Keine Ahnung.«

»Mist.«

»Sei vorsichtig«, bat Zhou ihn. »Ich habe den zuständigen Detectives mitgeteilt, dass du auf dem Weg zu Winston Jacobys Blockhaus bist, weil du nach deiner Ex-Frau suchst, und dass Watkins wohl auch weiß, wo sie sich versteckt.«

»Mein Gott.« Ians schlimmste Befürchtungen schienen sich zu bestätigen.

»Ich habe sie außerdem darüber informiert, dass Lucy Renee bei sich hat. Sie wollen, dass du nichts weiter unternimmst. Polizeiangelegenheit.«

»Verstehe.«

»Gut. Pass auf dich auf.«

Er beendete das Gespräch. Als ob er jetzt einen Rückzieher machen würde!

Voller Sorge beschleunigte er den SUV. Was, wenn Watkins in diesem Moment versuchte, seine Ex-Frau und seine Tochter umzubringen?

»O Gott, nein!«, murmelte Ian, als der Schnee tiefer wurde und der Wagen leicht ins Rutschen geriet. Er ging vom Gas, bis die Reifen wieder griffen. Erneut stiegen Bilder von Watkins vor seinem inneren Auge auf, wie dieser Lucy und Renee abschlachtete.

Nein. Das würde er nicht zulassen. Er bog um eine scharfe Kurve und entdeckte mitten auf dem Weg ein Fahrzeug, auf dem ein guter Zentimeter Schnee lag. Lucys RAV4?

Nein ... Voller Entsetzen stellte er fest, dass es sich um einen weißen Ford Explorer mit kalifornischen Nummernschildern handelte. Im Licht seiner Scheinwerfer erkannte er die Zahlen und Buchstaben, die Jun ihm durchgegeben hatte.

Ray Watkins war längst da.

*

»Du machst mir Angst.« Renee kroch aus ihrem Schlafsack und trat zu ihrer Mutter ans Fenster.

»Versteck dich in der Küche«, wies Lucy ihre Tochter an. »So, wie wir es geübt haben.«

»Warum?«

»Tu es einfach!«

»O Mann, das ist so ätzend!« Widerstrebend gehorchte Renee und versteckte sich in den leeren Schränken der Kücheninsel. »Mom?«

»Pst! Bleib, wo du bist! Rühr dich nicht vom Fleck!«

Ohne das Fenster aus den Augen zu lassen, streckte Lucy die Hand nach der Bettkante aus, wo ihre warme Jacke lag, und tastete nach der Glock. Dann lehnte sie das Gewehr an die Wand, schlüpfte in die Jacke, griff wieder nach der Schusswaffe, entfernte das Bajonett und steckte die kalte, tödliche Klinge in die Innentasche ihrer Jacke. Anschließend hängte sie sich das Gewehr über die Schulter und eilte ebenfalls in die Küche, wo sie in ihre Stiefel schlüpfte. Eine Weile blieb sie stehen und lauschte, genau wie der Hund, der jetzt den Blick in Richtung Tür gerichtet hatte. Seine Nase bebte. Offenbar witterte er etwas.

Lucys Mund wurde staubtrocken, als sie sah, wie angespannt Merlin war. *Bestimmt ist da draußen nur ein Reh. Oder ein Elch. Du hast doch die Spuren im Schnee gesehen.*

Doch vielleicht war es ein Mensch – ein Monster, das ihr aus dem Gefängnis Briefe mit Weinranken und Bibelversen geschickt hatte.

Aber was war mit Marilyn? Jetzt, da sich Lucy daran erinnern konnte, welche Rolle ihre Schwester bei dem blutigen Durcheinander gespielt hatte, musste sie unablässig an sie denken. Ob Marilyn sich wirklich nicht daran erinnerte? Warum hatte sie denn nie etwas gesagt?

Der Pulsschlag dröhnte in ihren Ohren, als sie die schwere Kommode zur Seite rückte, den Schlüssel umdrehte und die Hintertür ein kleines Stück aufdrückte. Merlin drängte sich durch den Spalt und schoss hinaus. Lucy folgte ihm lautlos und versteckte sich hinter dem geschrumpften Feuerholzstapel. Von hier aus konnte sie keine Spuren erkennen, die auf einen möglichen Eindringling hingedeutet hätten, aber es war auch ziemlich dunkel, nur ab und zu gaben die schweren Schneewolken eine dünne Mondsichel frei.

Da ist nichts, Lucy. Beruhige dich.

Trotzdem war jeder einzelne Nerv in ihrem Körper bis zum Zerreißen gespannt.

Geduckt schlich sie über die Veranda, die Augen zusammengekniffen gegen den scharfen Wind. Sie sah Merlin am Waldrand schnüffeln, ganz in der Nähe der Schneeburg, auf der eine dicke, weiße Neuschneedecke lag. An einer der Tannen entdeckte sie einen abgebrochenen Ast, der der Schneelast offenbar nicht länger standgehalten hatte. Vermutlich war das das knackende Geräusch gewesen, das sie so erschreckt hatte. Durchgefroren bis auf die Knochen, machte sie kehrt und huschte zurück in die Küche.

»Renee?«, sagte sie. »Liebling? Ich bin wieder da.« Sie ließ Tür einen Spaltbreit für Merlin offen und sah sich in der Dunkelheit nach ihrer Tochter um. Irgendetwas stimmte nicht.

Es war zu still.

Versteckte sich Renee? Starr vor Furcht? Hatte Lucy ihre Tochter so sehr erschreckt, dass sie keinen Ton mehr hervorbrachte? »Schätzchen«, sagte sie und tastete nach dem Lichtschalter. »Es ist alles okay.«

»Tatsächlich?«, fragte eine tiefe Männerstimme. Lucy wirbelte herum. Eine behandschuhte Hand legte sich über ihren Mund, während die zweite das Gewehr von ihrer Schulter nahm und anschließend in ihre Jackentasche griff und die Baby Glock herauszog. »Das sehe ich anders.«

*

Ian stellte seinen Wagen ab und näherte sich geduckt dem weißen Explorer. Das Fahrzeug sah verlassen aus. Wie lange mochte Watkins schon hier sein?

Angespannt ließ er den Blick über die schneebedeckte Landschaft schweifen. Sein Herz hämmerte. Er rechnete damit, dass sich jeden Moment jemand auf ihn stürzte. Im fahlen Licht des Mondes sah er frische Fußabdrücke, die hangaufwärts führten. Ian beschloss, ihnen zu folgen, doch zuvor wollte er ins Wageninnere schauen. Er kratzte mit den behandschuhten Fingern eine kleine Fläche auf der zugefrorenen Scheibe frei und richtete seine Handytaschenlampe darauf. Der helle Strahl fiel auf die vorderen Sitze.

Leer.

Er entfernte Schnee und Eis vom Rückfenster und leuchtete ebenfalls hinein. Der Lichtstrahl erfasste einen Menschen. Instinktiv hob Ian die Waffe, doch der Mann, der mit dem Gesicht nach oben auf der Rückbank lag, war tot. Seine Hand- und Fußgelenke waren mit Kabelbindern gefesselt. Das Gesicht war aschfahl, die Zunge hing ihm aus dem Mund, der Blick war starr zur Wagendecke gerichtet. Ein Auge hing herab, eine gezackte Narbe verlief von dort über seine Wange.

Ray Watkins.

»Mein Gott«, wisperte Ian und trat instinktiv einen Schritt vom Wagen zurück. Er musste nicht Watkins' Puls fühlen, um zu wissen, dass er tot war. Vermutlich schon seit Stunden.

Was war mit Lucy? Renee?

Wer immer Watkins umgebracht hatte, war nun hinter den beiden her.

Hektisch wählte Ian Zhous Nummer und rannte den schmalen Pfad hinauf, der zum Blockhaus von Winston

Jacoby führen musste. Ein paar Meter weiter entdeckte er ein weiteres Fahrzeug, blieb abrupt stehen und drückte den Anruf weg.

Mit rasendem Herzen stellte er fest, dass es sich um den Toyota RAV4 seiner Ex-Frau handelte. Er schaufelte mit der Hand den Schnee beiseite, kratzte das Eis ab und leuchtete durch die Fenster hinein, auf das Schlimmste gefasst.

Zum Glück war der Wagen leer, und Ian rannte weiter durch den dichten Schnee zum Blockhaus.

*

Clark?

Clark griff sie an? Warum?

Und wo ... O Gott, wo war Renee?

Lucy versuchte, sich zu befreien, aber ihr Halbbruder ließ nicht los. Er drückte sie mit dem Rücken so fest an sich, dass sie ihre Arme nicht bewegen konnte. Mit der freien Hand verschloss er weiterhin ihren Mund.

»Überrascht?«, flüsterte Clark ihr ins Ohr. Lucys Haut fing an zu kribbeln. »Oder kannst du dich erinnern? Mom und Marilyn behaupten, du wüsstest wieder, was in jener Nacht geschehen ist.« Er stieß angewidert die Luft aus. »Pech für dich. Ich dachte, wir hätten das Ganze hinter uns gelassen, aber jetzt, da Ray Watkins entlassen wurde und dein Gedächtnis offenbar wieder funktioniert, darf ich kein Risiko eingehen.«

Wovon redete er?

»Ich weiß, dass Mom denkt, Ray hätte abgedrückt, während du sie aus Versehen mit der Schere erwischt hast, also habe ich von ihr nichts zu befürchten. Von Marilyn auch nicht, denn sie war es, die auf Mom eingestochen, aber dir die Schuld dafür in die Schuhe geschoben hat. Sie war wütend auf Mom, weil die ihrer Affäre mit Ray auf die Schliche gekommen war und ihn vor die Tür setzen wollte. Sie wäre schön blöd, wenn sie den Mund aufmachen würde. Nur bei dir, da bin ich mir nicht sicher.«

Clark hatte auf ihre Mutter geschossen?

»Ich wollte Ray abknallen, weil ich den Scheißkerl hasste und dachte, so eine Chance bekomme ich nie wieder. Doch bei dem ganzen Durcheinander in der Dunkelheit ist die Waffe losgegangen, und ... Nun, den Rest kennst du.«

Lucys Gedanken wirbelten wild durcheinander. Sie hatte es gewusst. Ja, sie hatte es tatsächlich die ganze Zeit gewusst. Mama wäre beinahe gestorben, aber sie hatte ihre schweren Verletzungen überlebt. Ray war verunstaltet und auf einem Auge blind und musste für ein Vierteljahrhundert ins Gefängnis. Marilyn und Lucy waren nach Europa ins Internat geschickt worden. Dabei hatte Marilyn auf ihre Mutter eingestochen und Lucy all die Jahre in dem Glauben gelassen, *sie* sei dafür verantwortlich. Auf der Schere waren jede Menge Fingerabdrücke gewesen, die Pistole hatte jemand abgewischt. Es hatte keinerlei aussagekräftigen Beweise gegeben. Die einzigen Zeugen waren Tina Champagne und ihre Kinder gewesen, die übereinstimmend aussagten, Ray Watkins habe versucht, seine Geliebte zu erwürgen.

Und jetzt? Verfluchter Mist! *Wo ist Renee?*

Als habe er ihre Gedanken gelesen, fragte Clark: »Wo zur Hölle hast du das Kind versteckt?«

Er wusste es nicht? Instinktiv schaute sie zur Kücheninsel.

Clark bemerkte ihren Blick. »Da drinnen?« Lucy stockte der Atem. Sie schüttelte den Kopf so heftig, dass ihre Haare am Reißverschluss seiner Jacke hängen blieben, doch er glaubte ihr nicht. »Dann wollen wir doch mal nachsehen …« Er stieß sie vor sich her, die Hand noch immer über ihren Mund gelegt. Ihr Herz hämmerte angstvoll gegen ihren Brustkorb, Adrenalin peitschte durch ihre Blutbahn. Er würde doch nicht etwa seiner eigenen Nichte etwas antun? Doch seine tödliche Ruhe, die langsamen, entschlossenen Bewegungen sagten ihr etwas anderes.

Lucy wappnete sich.

»Hallo, Renee«, säuselte er. »Komm raus. Onkel Clark ist hier.«

Er riss eine Schranktür auf. Leer. Die zweite ebenfalls, genau wie die dritte. Lucys Blick fiel auf die Kellertür, die einen winzigen Spalt offen stand.

»Dämliches Gör«, fluchte Clark und streckte den Arm nach der Tür aus.

Sobald Lucy spürte, dass der Druck auf ihren Oberkörper nachließ, befreite sie ihren rechten Arm und biss gleichzeitig, so fest sie konnte, in die behandschuhte Hand. Sie hörte, wie ihr Bruder erschrocken nach Luft schnappte. Blitzschnell griff sie in ihre Jacke und zog das Bajonett aus der Innentasche, wobei sie den dünnen Stoff ihres Sweatshirts zerschnitt. Sie spürte, wie die scharfe Klinge die weiche Haut an ihrem Bauch aufschlitzte, doch es tat nicht weh. Lucy wirbelte herum, stieß blind zu, stach durch die Daunen seiner Jacke. Clark sprang zurück. Auf dem hellen Stoff breitete sich ein dunkelroter Fleck aus.

»Du *Miststück!*«

Er zog die Waffe aus der Tasche – *ihre Pistole!* –, während sie schon die Kellertür aufriss und so schnell die Stufen hinunterstürmte, dass sie beinahe gestolpert wäre. Wenn ihre Tochter tatsächlich hier unten war … Da sah sie es. Die Öffnung oberhalb der Schütte für Brennholz und Kohle war offen. Von draußen fiel schwaches Licht herein, der Schnee glitzerte weiß im Mondlicht. Hastig kletterte Lucy über Kisten und Brennholz. Sie hörte Clark auf der Kellertreppe, sah das Licht einer Taschenlampe über die Wände zucken.

»Lucy, komm raus!«

Mist.

Der Wind pfiff durch die Öffnung über der Schütte. Anscheinend war es Renee gelungen zu fliehen, und das war alles, was zählte. Doch wie lange würde ihre Tochter in diesem Schneesturm überleben? Und noch eine Frage drängte sich ihr auf: Was, wenn Clark überlebte? Er würde alles tun, um sie aufzuspüren, würde sie unerbittlich jagen und dann ... Lucy biss die Zähne zusammen. Das durfte sie nicht zulassen. Die Redewendung »Nur über meine Leiche« schoss ihr durch den Kopf, und sie kam zu dem Schluss, wenn sie diesen Preis bezahlen musste, um ihre Tochter zu retten, dann würde sie es tun.

»Mein Gott, ist das kalt hier unten.« Seine Worte klangen abgehackt. Hatte sie ihn stärker verwundet als gedacht?

Lautlos schlich Lucy Richtung Öffnung und stieß gegen den zu einem Hackklotz umfunktionierten Baumstumpf. In dem die Axt steckte.

Der Strahl von Clarks Taschenlampe glitt weiter über die Wände und kam ihr gefährlich nahe.

Lieber Gott, steh mir bei.

»Du hast mir eine Stichwunde verpasst, du kleines Miststück.« Er klang beinahe amüsiert.

Ohne ein Geräusch zu machen, bückte sie sich, hob ein paar kleinere Holzstücke auf, die rund um den Hackklotz verteilt lagen, und warf das größte davon in Richtung Metallschütte. *Klack!*

Treffer. Würde er darauf hereinfallen?

»Was war das?«

Er richtete den Strahl der Taschenlampe auf die Schütte.

»Hab ich dich, du Schlampe«, murmelte er.

Lucys Nerven waren so angespannt, dass sie sich kaum rühren konnte. Sie riss sich zusammen, packte den Stiel der Axt und zog sie aus dem Baumstumpf. Als sie sah, dass Clark Richtung Öffnung humpelte, hob sie die schwere Schneide über den Kopf. Ihr Halbbruder beugte sich vor und leuchtete mit der Taschenlampe die Schütte hinauf, den Finger am Abzug ihrer Pistole. Er war bereit, sie oder ihre Tochter zu erschießen.

Lucy überlegte nicht lange und ließ die Axt niedersausen. Führte den Hieb mit aller Kraft aus, die sie aufbringen konnte. Mit einem ekelerregenden Schmatzen grub sich die Schneide in Clarks Rücken.

»Uff!« Er sackte in sich zusammen.

Zitternd machte sie einen Schritt zurück und wäre beinahe über ein Holzscheit gestolpert. Clarks Taschenlampe war zu Boden gefallen und warf von der Seite einen grellen Schein auf sein überraschtes Gesicht.

»O Gott, o Gott ...« Schockiert blinzelnd starrte Lucy auf seinen reglosen Körper. Lucy drehte sich der Magen um. Sie krümmte sich zusammen und würgte.

Renee! Du musst deine Tochter finden!

Sie richtete sich auf und wandte sich zur Treppe. Im selben Moment hörte sie über sich eilige Schritte.

»Lucy!« Ians Stimme hallte durchs Blockhaus, rau vor Sorge.

»Ian!« Beinahe wären ihr vor Erleichterung die Beine weggesackt. Sie hörte, wie er die Kellertür aufriss, die mit einem lauten Knall gegen die Küchenwand prallte. »Ian, wir müssen Renee finden!«

»Das habe ich schon.« Ian erschien auf der Treppe.

»Sieh nicht hin«, warnte Lucy ihn.

»Wohin?«

Lucy deutete über die Schulter. »Dahinten liegt er. Clark. Nicht Ray Watkins. Ich habe keine Ahnung, woher er wusste, wo ich bin.«

»Ich glaube, Watkins hat sich an deine Tante Beth gewandt. Zhou hat aus sicherer Quelle erfahren, dass er bei ihr war. Keine Ahnung, warum sie es ihm verraten hat. Ich nehme an, er hat es aus ihr herausgepresst und Clark aus ihm. Watkins ist tot. Ich habe ihn auf dem Weg hierher im Wagen seiner Schwester entdeckt, ein paar Schritte von deinem Toyota entfernt.«

»Großer Gott! Wo ist Renee denn nun?«

»Draußen, mit Merlin. In einer Art Iglu.«

»In der Schneeburg.« Lucy versagte beinahe die Stimme vor Erleichterung. »Sie muss aus der Kohlen- und Brennholzschütte geklettert sein und sich draußen zusammen mit dem Hund versteckt haben.«

»Komm, wir holen die beiden rein, bevor die Cops eintreffen. Sie sind schon unterwegs.«

Sie traten hinaus in die eiskalte Dunkelheit. Der Schneesturm tobte unerbittlich. Renee und Merlin waren nirgendwo zu sehen. Lucy wollte sich gerade erneut Sorgen machen, als sich zwei Gestalten aus dem Dickicht der Nadelbäume am Rand der Lichtung lösten und auf sie zugerannt kamen. Renee warf sich in Lucys Arme.

»Autsch.« Lucy zog scharf die Luft ein. Ihre Bauchdecke schmerzte, dort, wo das Bajonett ihre Haut aufgeschlitzt hatte, trotzdem ließ sie ihre Tochter nicht los. Sie wusste, dass jede Menge auf sie zukommen würde, dass sie sich vor Gericht würde verantworten müssen. Unbefugt das Grundstück eines Fremden betreten und sich in seinem Blockhaus versteckt zu haben, war dabei nur das kleinste Übel. Aber sie hatte aus Notwehr gehandelt und hoffte, die Geschworenen würden das genauso sehen. Über das Tosen des Sturms hinweg hörte sie Sirenengeheul, kurz darauf zuckten rote und blaue Lichter durch den dichten Schneevorhang.

Ian legte einen Arm um ihre Schultern, und zum ersten Mal seit Langem schüttelte sie ihn nicht ab. Vielleicht war es an der Zeit, noch einmal von vorn zu beginnen. Zumindest für heute wollte sie ihre Zweifel abschütteln. Für heute war der Albtraum vorbei.

SAN FRANCISCO

Jetzt

Regentropfen rollten über die Fensterscheiben, im Radio dudelte leise Weihnachtsmusik. Lucy betrachtete den Weihnachtsbaum, dessen warme Lichter ihr Zuhause in San Francisco erleuchteten.

Renee hängte vorsichtig den Christbaumschmuck an die Zweige und fügte alte, längst vergessene Engel und Rentiere hinzu, die sie in einer verstaubten Schachtel auf dem Dachboden gefunden hatte. Lucy hatte ihr das Schmücken überlassen, damit sie sich in Ruhe erholen konnte. Der Schnitt an ihrem Bauch hatte mit dreiunddreißig Stichen genäht werden müssen. Die Wunde war nicht tief, aber lang, und sobald der Schock über die grausamen Ereignisse im Blockhaus nachließ, hatte sie höllisch zu schmerzen begonnen. Es war ein Wunder, dass sie in diesem Jahr überhaupt Weihnachten feiern konnten, dachte Lucy und ließ die Ereignisse der letzten Zeit an ihrem inneren Auge vorbeiziehen. Sie hatte jede Menge polizeiliche Befragungen und Arztbesuche hinter sich bringen und zahlreiche eidesstattliche Erklärungen abgeben müssen. Die Polizei untersuchte den brutalen Mord an Ray Watkins' Schwester. Man hatte ihre Leiche im Keller entdeckt, doch es war noch unklar, ob Ray oder Clark sie auf dem Gewissen hatte. Die vorherrschende Theorie lautete, dass Clark dahintersteckte. Vermutlich hatte Ray Lucy ausfindig machen und ihr die Wahrheit über die Vorkommnisse von damals erzählen wollen. Deshalb hatte er Tante Beth einen Besuch abgestattet, wovon wiederum Clark Wind bekommen hatte. Er hatte Ray überfallen, um den Aufenthaltsort seiner kleinen

Schwester aus ihm herauszupressen. Niemand wusste, ob er von vornherein geplant hatte, sowohl Ray als auch Lucy umzubringen, aber Fakt war: Es war vorbei. Gott sei Dank.

Was Lucy anging: Die Familie Jacoby hatte Lucys Angebot, für die entstandenen Kosten aufzukommen, angenommen und verzichtete auf eine Anzeige. Tante Beth hatte sich mit ihrer Nichte ausgesprochen, um den Vorwurf, sie habe Lucy verraten, aus der Welt zu schaffen. Sie habe »das ganze Drama sattgehabt«, behauptete sie und war überzeugt davon, dass Ray ihr die Wahrheit gesagt hatte, als er behauptete, er wolle mit Lucy reden, um »reinen Tisch vor dem Herrn« zu machen. Schließlich habe er ihr das bereits in seinem letzten Brief aus dem Gefängnis angedeutet. Deshalb, und nur deshalb, habe sie Ray Watkins mitgeteilt, wo Lucy sich versteckt hielt. Die Presse hatte sich auf die Geschichte gestürzt, doch wie immer legte sich der Medienrummel schnell. Anstatt sich für ihr unrühmliches Verhalten zu entschuldigen, hatten Marilyn und Tina den Kontakt zu Lucy abgebrochen, da sie sie für den Tod der beiden Männer verantwortlich machten. Aber das war ja nichts Neues. Lucy hatte schon immer den perfekten Sündenbock abgegeben.

»Wundervoll«, murmelte sie.

»Was ist wundervoll?« Renee hängte einen kleinen Engel an einen der oberen Zweige.

»Dass bald Weihnachten ist.«

»Das hast du bestimmt nicht gemeint, Mom.«

Richtig.

»Wolltest du uns nicht einen Kakao machen?«

»Kommt sofort.« Lucy stand vorsichtig auf und ging in die Küche. Merlin folgte ihr.

»Mach auch einen für Daddy!«, rief Renee ihr nach. »Er hat mir getextet. Er ist unterwegs.«

»Okay.«

Ian. Wo soll das bloß hinführen? Jetzt, da er dir bewiesen hat, wie sehr er dich liebt, und du nicht länger glaubst, dass er dich betrogen hat, solltest du ihm wirklich eine zweite Chance geben.

Die endgültige Entscheidung stand noch aus, aber wahrscheinlich würde sie es versuchen. Was hatte sie schon zu verlieren? Die Chancen standen sechzig zu vierzig, dass sie ihn wieder in ihr Herz lassen würde, und wenn sie ehrlich war, wünschte sie sich genau das.

»Oh, Renee, hör mal.« Die Klänge von *The Most Wonderful Time Of The Year* hallten durch die Zimmer. Lucy stellte drei Becher Wasser in die Mikrowelle und nahm die Dose Kakao aus dem Küchenschrank. »Da hast du's: Weihnachten ist die schönste Zeit im Jahr.«

»He, Mom!«

»Ja?«

»Igitt, das ist ja ekelhaft!«

»Was denn, Liebes?« Sie blickte durch die offene Küchentür ins Wohnzimmer, wo ihre Tochter vor dem festlich geschmückten Baum hockte, neben sich einen offenen Karton, dessen Existenz Lucy beinahe vergessen hatte.

»Was ist das denn?« Angewidert nahm Renee zwei Köpfe aus der Schachtel mit Weihnachtsschmuck. Glitzerbarbie und der blonde Ken. An ihrem Finger steckte ein etwas zu großer Ring mit einem Rubin. »Soll ich die auch an den Baum hängen?«, fragte sie skeptisch.

»Lieber nicht. Nicht dass dein Dad einen Schrecken bekommt«, antwortete Lucy. Sie überlegte kurz, ob sie sagen sollte: »Fass Mamas Sachen nicht an«, aber sie entschied sich dagegen. Das würde sie nicht tun.

Niemals.